REDOING THE HATED PRINCE OF THE EXECUTION FLAG

処刑フラグ満載の嫌われ皇子のやり直し

ケイ
アーサー＝ペンドラゴン
REDOING THE HATED PRINCE OF
THE EXECUTION FLAG
character

トリスタン＝グリーフ
ゴーヨク＝カネスキー
モルガン＝ルフェイ
エレイン＝ファウンテン

コカトリスの全身を治癒の光が包み
その毒が消えていく。
「これが聖王の後継者なのね……」

GC NOVELS

処刑フラグ満載の嫌われ皇子のやり直し

REDOING THE HATED PRINCE OF THE EXECUTION FLAG

I

著者
高野ケイ

イラスト
高嶋しょあ

WRITTEN BY TAKANO KEI
ILLUSTRATION BY TAKASHIMA SHOA

contents

REDOING THE HATED PRINCE OF THE EXECUTION FLAG

I話　始まりは断頭台で

IT ALL STARTED ON THE DECAPITATION

血のような真っ赤な夕焼けの中、民衆たちのどこか狂った様子の熱狂的な声があたりに響いている。

それはまるでこれから始まる処刑というショーを渇望しているようで……。

「なんでこんなことになったんだ?」

「黙って、歩け!!」

縄で両手を拘束され、兵士に引きずられるようにして青年が姿を現すとその声は一層大きくなっていく。

目の前にいる民衆たちがみな罵倒や怒声を彼に向けていく。

「殺せ!!　殺せ!!」

「冷酷なアーサー皇子に罰を!!」

「貴族しか治療しない金の亡者め!!」

なんでこんなことになったんだ?

今度は心の中で青年は……この国の第二皇子アーサー＝ペンドラゴンは自問自答する。

怪我《けが》や病気に苦しむ民衆を無視し、貴重な治癒能力を貴族にしか使わなかったからだろうか？

食糧難に苦しむ民衆たちにパンがなければ、ケーキを食べればいいと答えたからだろうか？

それとも民衆が苦しんでいるのに、何もしなかったからだろうか？

彼のためにギロチンが準備されていくのが見える。それを指示するのはアーサーの異母弟であり第三皇子のモードレットである。

モードレットは巷《ちまた》では貴族に反発する民衆と地方貴族たちをまとめ上げ、見事革命を成功させた英雄『反逆の皇子』などと呼ばれ持て囃《はや》されているらしい。だけど、アーサーには最後までわからなかった。

なんでモードレットはこんなことをしたのだろう？　彼だって王族のはずだ。何もしなければ何不自由のない幸せな人生が待っていたはずだ。

そう思い、アーサーが彼に問いただしたときに『あなたは人の心がわからない』と悲しそうな表情で発された言葉が不思議と胸にささったのを思い出す。

ガコンという音と共にギロチンがセットされた。ようやく準備が終わったらしい。そして、彼の縄がほどかれ、代わりに魔力を封じる特殊な金属の鎖がつけられていく。

捕まった当初は抵抗も試みたがなん度も殴られていくうちに心が折れてしまい、もう暴れる気力もない。

「さっさと行くぞ。アーサー様よ」

「いっつ!?」

兵士がわざと痛むように鎖を引っ張ったせいで、腕に激痛が走り、思わず悲鳴を上げてしまう。それを聞いて民衆たちがより嬉《うれ》しそうな声を上げる。

その痛みと共にようやくアーサーは理解する。ああ、そうか……怪我したり、誰かに傷つけられるというのはこんなにも苦しいんだな……。

だけどさ……誰も教えてくれなかったじゃないか？　みんな自分の言う事を聞けば大丈夫だって言っていたじゃないか？

民衆の声など聞くなと言った貴族たちがいた。治癒魔法は選ばれし存在である貴族にのみ使われるものだと言った貴族がいた。そんな彼らはすでに処刑されるか、己の身可愛《かわい》さで国外に逃亡していった。誰もアーサーを守ってなんてくれなかった。

いや、なん人かはいたな……。

処刑が決まっても優しくしてくれたメイドの少女の顔が思い浮かぶ。そして、ろくに話を聞かない俺にアドバイスをし続けていた元婚約者の顔が思い浮かぶ。

こんなことになるならメイドの少女に優しくすればよかった。こんなことになるなら元婚約者の言葉をちゃんと聞けばよかった。そんなことを今更思っていると、体が押さえつけられて、ギロチンに固定されていく。

「痛くないといいなぁ……」

「はっ、せいぜい苦しめよ」

最後のつぶやきすらも兵士の悪態に押しつぶされ、そしてスコンという無機質な音と共に、血が舞って……アーサー＝ペンドラゴンはその生涯を終えた。


「うおおおおおおお!?」

王城のアーサーの部屋に情けない悲鳴が響き渡る。

あれ、しゃべれるだと……?

あわてて首の付け根を確認するが、アーサーの首はちゃんとつながっている。そして、いつものように痛みもとくには感じない。

「あはは、さっきのは……夢だよな……」

恐怖を誤魔化すように笑いながら鏡を見ると、その身には豪華な素材をふんだんに使ったローブに、傷一つない綺麗《きれい》な肌、そして、金髪の（自称）利発そうな十五歳くらいの少年の顔がうつっていた。

ボロ雑巾のような布の服ではなく、魔力を封じられ、傷だらけになった肌でもない。本来の自分の姿にほっと一安心する。

ん？　十五歳くらいだと……?

アーサーは自分の容姿に違和感を覚え眉をひそめる。確か二十歳の時に革命がおきて、牢獄《ろうごく》に捕ら

えられていたはずだ。

再度、自分の容姿を確認するが、随分と若く見える。慌てて日付を確認するとギロチンにかけられる五年前だ。この時はブリテンの全盛期であり、アーサーも上等な服を着て、豪華な食事をしていたものだ。革命がおきるなんてかけらも思っていなかった。

あれは夢なのか……地獄のようなあの光景が……？

「そうだ、夢だ……だって、俺はブリテンの至宝とまで言われたアーサー＝ペンドラゴンだぞ!!　処刑なんぞされるはずがないだろう!!　あはははは!!」

そう自分に言い聞かせるが、心の中の何かが訴えてくる。だって、アーサーは覚えているのだ。幽閉された牢獄の冷たさも、魔力を封じられて縄に縛られる痛みも、何よりも侮蔑していた民衆の憎悪に満ちた瞳を……。

「失礼します、アーサー様……お茶をお持ちいたしました」

「誰だ!?」

恐ろしいことを思い出している最中にノックと共にメイドが入ってきたため思わず、アーサーは声を荒らげてしまった。

「きゃっ!?　熱っ!!」

そして、それに驚いたメイドが悲鳴を上げると同時にポットに入った紅茶をこぼしてしまい、彼女の手にその紅茶がかかってしまう。

「ああ、申し訳ありません、アーサー様……すぐにここを拭いて、代わりのお茶を……」

「おい、大丈夫か……」

あたふたとするメイドにアーサーは声をかけようとしてその動きが止まる。平民にしては珍しい桜色の髪に、パッチリとした目、そして豊かな胸元には見覚えがあった。

だって、彼女は前回の人生で最後まで彼の面倒を見てくれた少女なのだから……。

あの夢で優しくしてくれた彼女の言動を思い出し、いてもたってもいられなくて彼女に近付いた。

「アーサー様、申し訳ありません、あなた様のお茶をこぼした上に床を汚してしまいました……」

「そんなことはどうでもいい。紅茶がかかった手をみせてみろ。火傷《やけど》になっているんじゃないか?」

「え、ですが……」

何かを恐れるようにアーサーを見つめ、痛いだろうにポットの破片を拾おうとしている彼女の手を取って、様子を見る。

かすかに赤くなっていてこのままでは水ぶくれになってしまうかもしれない。

「アーサー様いったい何を……」

「心配するな、今癒《いや》してやる」

なぜかびくびくとしているメイドにアーサーが優しく微笑《ほほえ》むと、彼女は驚きの声を上げた。

「アーサー様、だめです。こんなことに力を使っては……その力は選ばれた人間のみが使える特殊な力なんですよ!!」

「ダメなもんか、だって。怪我をしたら痛いんだぞ。痛いのはつらいんだ……わが加護よ。その身を癒せ」

制止しようとしたメイドの言葉を無視して治療魔法を使うと、彼女の傷が一瞬で治っていく。これがアーサーの能力であり、貴族たちに重宝されている理由である。

「よかった……問題はなさそうだな。その……どうしたんだ？」

そして、メイドの腫れが引いたのを確認して安堵《あんど》する。アーサーが彼女の手にふれて微笑むと、なぜか真っ赤にしている。

「いえ……なんでもありません。その……箒《ほうき》をとってきます!!」

そして、そのまま、メイドは制止する間もなく走り出して行ってしまった。ああ、彼女とは色々と話したいことがあったのに……。

そう思っているアーサーの脳内に不思議な声が響く。

【善行ポイントが加算されました。未来がわずかに変動いたします】

そして、机の上に置かれた真っ白な表紙のノートが不思議な輝きを放っているのに気づく。

「なんだこれは……」

思わず手に取ったアーサーは信じられないとばかりにうめき声をあげる。だって、そのノートには実際に彼が処刑されるまでのできごとが書かれていたのだから……。

2話 処刑フラグを避けるには

HOW TO AVOID THE EXECUTION FLAG

自室でアーサーは謎のノートを片手ににらめっこしていた。このノートにはアーサーが体験した未来での出来事が書いてあったのだ。

そして、最初のページに青色の文字で**【メイドを治療したことにより善行ポイント1アップ　実績解除】**と書いてあり、あとは**【？？？？】**という文字が黒色で書かれているばかりである。

「つまり……これからの俺の行動で未来が変わるという事なのか？」

メイドを助けた時に脳内で響いた『善行ポイント』という言葉が思い出される。あのメイドを治癒したことが彼の未来に影響を与えたという事なのだろう。あの程度では処刑を避ける事は出来なかったが、ノートに書かれた未来ではアーサーの処刑にメイドの友人も反対したと記されているのだ。

この未来が変化したというのが大切な事だと思う。

つまり良いことをすれば未来がよりよくなってギロチンから逃げられるという事ではないだろうか？

「ふはははは、やはり、神は俺を見捨てていなかったようだな」

アーサーはノートを片手に高笑いをする。完全に不審者である。そして、こんな……人生をやり直すなどと本来ならばありえないようなことを彼があっさりと受け入れたのには二つの理由がある。

一つは生まれつき治癒魔法が使え、特殊な体質になっている彼にとっては、多少おかしなことでもそんなこともあるかと思える事、もう一つは自分に都合のいいことはあっさりと信じるという柔軟な思考をしているからである。

「善行……つまり良いことをすればいいという事だよな？　ようするに人が喜ぶような事をすればいいのだろう？　いいだろう、それならば俺は民衆に、世界に媚《こ》びようじゃないか!!　全ては生き残るためになぁ!!」

ノートを掲げながら、どや顔でちょっと情けない事を言うアーサー。そして、これからのことを考えて疑問が湧く。

「しかし、どうすれば人は喜ぶんだ？」

アーサーは決して悪人ではないが善人と言える少年でもなかった。第二皇子という立場と、強力な治癒能力を使えるという特異な体質から甘やかされまくった彼は、我儘《わがまま》で、怒りっぽいところもあったが、使用人たちに理不尽な暴力などはしなかったし、無茶な命令もしなかった。だが、それは決して彼の長所であるとは言えない。他人への無関心が所以《ゆえん》だからだ。

ゆえに彼には人がどうすれば喜ぶのかわからなかった。なんとか記憶をたどるとようやく一つ思い当たる。

「そうだ……俺には強力な治癒能力がある。怪我人や病人を片っ端から癒せば喜ぶだろう!! なにせ病も怪我も俺の能力ならば大抵は治せるからなぁ!!」

彼が誰かに感謝をされたのはいつでも治癒魔法を使った時だった。取り巻きの貴族たちが、どこかの偉い人を連れて来て治療を終えると感謝されたものだ。あの時はなんでこんな事で喜ぶのだと疑問に思っていたが、民衆に捕まり痛めつけられて、ギロチンにかかった今ならばわかる。

痛いのはつらいのである。子供のような発見だが、彼にとっては貴重な……そして、大きな進歩だった。

「つまり怪我や、病の人間を片っ端から治療をしていけば皆が感謝するだろう。ふはははは、楽勝じゃないか!!」

子供の時から彼の持つ治癒魔法は貴重なものの為みだりに使うなと言う貴族たちに従っていたが、今は自分の命がかかっているのだ。知った事かよ。

保身のために自分を切り捨てた貴族共の言葉よりも自分の命の方が大事なアーサーだった。

「ふははは、我が人生の糧になるやつはいないか!」

とりあえず適当に怪我をしている人間はいないかと部屋の外に出るアーサー。

完全に悪役のセリフだが、彼は別に良いことをするつもりはないのだから仕方ない。あくまで自分が生き残るためなのだ。

「マジで誰もいないな……」

闇雲に歩いていた彼だが当たり前である。ここは戦場ではなく、彼が住む屋敷なのだ。誰かが怪我をするようなことが日常茶飯事にあった方がまずいに決まっている。

どうしようかと悩んでいるとアーサーの耳に何かが落ちる音と共に女性の悲鳴が聞こえてきた。

そういえば前の人生で飾ってある絵画が落ちてきて、メイドが怪我をしたと騒ぎになったことがあったが、それが今日だったのかもしれないと思い出す。以前は気にも留めなかったが、今回の彼は急いで悲鳴のした方へと足を進める。

「うう……」

アーサーの視界に入ったのは地面に落ちて割れたアーサーの身長ほどもあるガラス製の額縁と、額から血を流している金髪のメイド服の少女だった。

血の量からして傷はかなり深く、下手したら傷痕が残るだろう。

「おい、大丈夫か？」

「アーサー様……？」

アーサーが声をかけて駆け寄ると、金髪のメイドはびくっとした後に、慌てて頭を下げてきた。

「申し訳ありません、アーサー様がいただいた大切な絵を私如《ごと》きの血で汚してしまいましたわ」

「なにを言っているんだ？　そんなことはどうでもいい。傷を見せろ」

絵画などには目もくれずに、意味不明なことを言うメイドに近づくアーサー。そもそも彼は芸術の価値などわからないし、この絵も貴族を治療した時に、もらっただけで愛着もない。

今はそんなことよりも、彼女の治療が優先である。善行ポイントをためるチャンスなのだ。

「アーサー様、何を……？」

額の傷……顔の良さが武器の一つとなる女性にとって大きな傷が残ったら色々と大変に違いない。逆を言えば治療したときにより大きな感謝につながるだろう。

などと打算的に考えながらアーサーは治療をはじめる。

「集中しているんだ。黙っていろ」

アーサーが額に手をやると暖かい光が現れ、少女の傷が癒えていく。

「これは……癒しの力！　貴重な力を私なんかには勿体《もったい》無いですわ!!」

「もう、治ったぞ。いいから鏡を見てみろ」

アーサーが何やら騒いでいる少女の額の血をハンカチでぬぐうと、彼女は信じられないとばかりに額に触れ、慌てて手鏡を取り出した。

「あ……ああ!!　本当ですわ！　傷一つありません。アーサー様はお優しいのですね。ありがとうございます！　このマリアンヌ、このご恩は忘れませんわ!!」

そう言うと彼女は涙を流しながら、アーサーに抱きついた。柔らかい感触と甘い匂いが彼を襲う。

そして、アーサーは彼女が喜びこちらに感謝するのを見て、なぜか自分も少し嬉しくなったのを感じ違和感を覚える。

なぜだ？　俺は保身のために癒しただけなのに、なぜ胸が温かくなるんだ？

「その……嬉しさのあまりはしたない真似《まね》を失礼いたしました……！」

アーサーの困惑をどう勘違いしたのか、マリアンヌが慌てて彼から離れる。その顔が真っ赤なリンゴのように染まっているのは見間違いではないだろう。

「ふん、気にするな。特別に癒してやったんだ。お前はただ俺に感謝すればいいんだ」

そんな彼女にぶっきらぼうに答えるアーサー。彼としては保身のために治療をしたにすぎない。だから、恩を忘れるなよと念押しをする。

なのに、なぜか、マリアンヌは感動したとばかりに目を潤ませる。

「はい、このご恩は忘れません!!　ですが、私なんかを癒して大丈夫ですの？　アーサー様の力は特別だと聞きましたが……」

「うん？　確かに俺は天才で特別な治癒能力の持ち主だが、大丈夫というのはどういうことだ？」

「それは……アーサー様に治癒していただけるのは、ゴーヨク様たちから紹介され、大量の寄付をした者だけと聞いていたものですから……」

「寄付だと……」

マリアンヌの言葉に思わず聞き返す。ゴーヨクとはアーサーの世話役をしている貴族である。確かに彼から治癒してほしい人間がいるとは紹介され、治療したことはなん回もあるが寄付金の事は初耳である。

いや、俺が気づかなかっただけか……あのクズならば別に驚くことではないな。

前の人生でゴーヨクが最終的にアーサーにおこなったことを思い出して、納得しながらも眉をひそめる。

「はい、アーサー様の力は特別なので、それ相応の対価が必要だとおっしゃっていました。だから、私もアーサー様に治療してもらえるとは思っていなかったので驚いてしまったのですが……」

「ふん、そんなもの……」

どうでもいいと言いかけたアーサーの脳裏にかつての元婚約者の言葉がよぎる。あれは、前の人生で民衆たちの不満が高まっていた時の話だ。『俺が片っ端から人々を癒したら、みんな慕ってくれるんじゃないか』と聞いたのだ。

『あのねぇ、アーサー。確かにあなたの力は素晴らしいものよ。だけど、安易に使えば安く見られるし、あなたを利用しようとするものに良いように使われてしまうわ。それに、人はあなたに甘えるようになり、以前癒してもらった人は怪我をした時にどうせ癒してもらえるんだからって依存してしまう。第一あなたの能力にだって、一日の回数制限があるんだから、毎回は癒せないでしょう？　不平等がおきればそれは不満につながるわ。あなたを恨む人も現れるし、治癒された人間もなんでお前だけって、逆恨みされる可能性もあるのよ。だから、この国を救いたいのならば治癒能力を使う以外の方法も考えなさい』

ため息をつきながらまるで子供相手の諭すような言葉に胸がむかむかとしてくる。だけど、彼女の言う事はいつも正しかった。少なくともアーサーにおべっかを使っている人間の言葉よりは……。

ならばゴーヨクの事はともかく、彼女のことは信じるべきだ。

仕方ない、俺は器がでかいからな。たまにはお前の言うことをきいてやるよ。とりあえず片っ端から治癒をするのではなく、なんらかの条件をつけるとしよう。

と苦手な元婚約者の言いなりになるのが悔しくて脳内で言い訳をするアーサー。そして、マリアンヌを見つめ、適当な言い訳をする。

「お前を癒したのは特別だからだ。マリアンヌはいつも仕事に一生懸命だったろう？」

「私の名前……覚えてらしたのですね……」

先ほど名乗っていたので名前を呼んだだけだというのに彼女は目を見開いて嬉しそうにする。

「それに……私が特別ですか……」

マリアンヌはアーサーの言葉を復唱すると、どこか熱い視線を向ける。

「確かに私はメイドとして色々と仕事を頑張っていましたが、まさかアーサー様にそんな風に思っていただけたなんて……」

そして、マリアンヌが顔を真っ赤にしながらぶつぶつ言っていたが、考え事をしているアーサーの耳には入らなかった。

俺は治療以外でも人を喜ばせることができるのか……？

マリアンヌが喜んだのは治療がきっかけだったが、名前を呼んだらより喜んでくれている。それに、なぜか喜ぶ彼女を見てアーサー自身も嬉しくなったのである。

前の人生ではあまり感じなかった感情にアーサーは困惑し……昔とは何が違うのだろうかと思い出す。

♛

以前の人生でも他人を治癒したことはなん度もあった。

「アーサー様、またしてもあなた様のお力で癒してほしいという人間を連れてきましたぞ」

いつものようにお礼にと、何やら高価そうな宝石を持ってきた貴族が媚びるような口調でアーサーに声をかけてくる。

「ああ……わかった。任せるがいい」

そう、こんな感じでアーサーの取り巻きの貴族が高価な宝石だったり、美術品だったり、色々なものを持ってきては彼に治癒を頼むのだった。

そして、貴族が連れてきた人間を癒していく。それはよくパーティーで会う大貴族だったり、羽振りの良い大商人だったり、身分の高い人間の子供だったりと様々だ。

アーサーとしても頼られるのは悪い気はしないし、自分の誇りである治癒能力を褒められるので、喜んで受けたものだ。

「ありがとうございます。ありがとうございます」

彼らを癒すと皆が感謝の言葉を口にする。時には涙を流すものまでいた。

だけど、違和感はあった。なぜならば治療した人間たちが感謝するのは治癒したアーサーではなく、彼を紹介した貴族たちだったのだ。

アーサーとてその違和感に何も考えなかったわけではない。

ある日のことである。

「いちいちお前らを通すのも面倒だろう？　俺の下に治癒してほしい奴を直接よこせば癒すぞ。もしくは俺の方でも治癒してほしい人間を探してもいい」

とゴーヨクに提案したことがあった。だが、ゴーヨクはアーサーに言い聞かせるように言ったのだ。

「アーサー様は偉大なる王家の血を引く方なのです。下々のものはあなたのような高貴な方とお話をするだけでも畏れ多いのです。ですから私に任せてください」

「ふむ……そういうものなのか……」

当時ずっと彼の世話役をしていたゴーヨクの言葉を疑うことなくアーサーは頷《うなず》いた。そして、彼は取り巻きの貴族に言われるがまま治療を続けていく。

心の中で思う、昔なんとはなしにメイドの家族を治癒したことがある。その時の感謝の言葉を聞くと胸が温かくなったのに、なぜ貴族たちを癒しても胸が温かくならないのだろうかと？　あの感情はなんだったのだろうかと……。

その時も確かに悩んだのだ。結局ブリテンの治安が悪くなってしまったこともあり、忙しくなってそれどころではなくなってしまったが、その答えがわかっていれば彼の未来も少しは変わっていたかもしれない。少なくとも『人の心がわからない』とは言われなかったかもしれない。


そして、これはアーサーの知らない話だ。彼がいないところでゴーヨクを筆頭に取り巻きの貴族たちは私腹を肥やしていた。高価な酒を飲み、珍しい食材を食い散らかす。

「はは、アーサー様のおかげで我々は安泰ですな。寄付金の名目で領地の税収一年分を一か月で稼げましたぞ」

「ふふ、あの方は世間を知りませんからね。おそらく治癒に寄付が必要だと話していることも知りますまい」

「愚かな子供ですが、治癒の能力だけは本物ですからな。これもゴーヨク様が手綱を握ってくださってくれているからです」

「はっはっは、私はあのお方の教育係ですからね。信頼を得るために媚《こび》を売っておべっかを使った甲斐《かい》があるというものです」

ゴーヨクの言葉に皆がアーサーを馬鹿にするように笑った。そして、貴族の一人が思い出したかのように口を開く。

「モルガンとかいう小娘が余計な入れ知恵を与えようとしていますが、大丈夫でしょうか？」

「ああ、それならば問題はありません。あの女は近いうちに地方へと送られるでしょう。色々と余計なことをしているせいで敵が多いようでね」

「さすがはゴーヨク様です。それにしても、アーサー皇子をわがままに育て、手綱を握り、不満はあの方に集中される……よく考えたものですね」

そう、ゴーヨクは元々世間知らずでわがままなアーサーの言動を周囲に知らせ、それを自分が御していると思わせていたのである。

その結果、法外な寄付金を欲しているのはアーサーであり、それをなんとか御しているのがゴーヨクを筆頭とした取り巻きの貴族であると周囲に思わせているのだ。

幸い、アーサーはコミュ障なこともあり周囲とはあまり意思疎通を取ろうとしない。そして、人々の不満はどんどんアーサーへとたまっていくのである。

だからこそ、皆は治療してもらったのにアーサーではなく、ゴーヨクなどの取り巻きの貴族に感謝をしていたのである。

もしも、アーサーが何かしら自分の意思で治癒活動などをしていたら真実はあばかれたかもしれないがそうなることはなかった。彼は現状に甘んじていたのである。

そして、革命がおきてアーサーはギロチンに処されることになる。

だからこそ、今回のようにアーサーが自分の意思で人を治癒した結果が今後の未来にどう影響を与えるか、まだ誰にもわからない。

♛

仕事が一段落して、マリアンヌはハンカチを片手にうっとりとした瞳でアーサーの部屋の方を見つめていた。

そして、熱い吐息をもらしながら治療してもらった額に触れる。

「本当に傷が残っていませんわ……アーサー様はすごいですわね」

正直額に怪我をしたときは痛みと共に、絶望に包まれていた。顔が傷ものになれば自分の女としての価値は下がり婚姻も難しくなる。

そうなれば無理をしてまで城のメイドとして働かせてくれた父に申し訳ないし、何よりも家のために役に立てないというのは貴族令嬢としてのプライドを持つマリアンヌには最も苦しいことだった。

「アーサー様……なんて素敵で心優しき方なのでしょう。あの方こそが真の王の姿ですわ」

一応貴族の令嬢ではあるものの、マリアンヌは大した権力も持たない地方貴族の出身である。

自分なんかに媚を売ってもアーサー様にはなんの得もない。

それなのにあの人は……絵画がいきなり落ちてきて、はしたなくも悲鳴を上げた私のために走ってきてくれた上に、高名な芸術家の描いた絵のことに目もくれずに治療をしてくれたのである。

「私はあのお方を誤解していたのですわね……」

それは普段からアーサーの評判を聞いている彼女からしたら信じられないことだった。そもそも彼のような王族からしたらメイドなんて名前すら覚えるに値しない消耗品のような存在である。

現に今まで彼に名前を呼ばれたことなんてなかったし、あの人は自分たち使用人に興味を持ってなんていないと思っていた。だけど……。

『お前を癒したのは特別だからだ。マリアンヌはいつも仕事に一生懸命だったろう？』

そんなことを言って本来ならば大量の寄付が必要なはずの治癒を施してくれたのである。メイドとして頑張ってきたのが報われた気持ちになった。

そして、この恩は一生忘れないと心に誓ったのである。

「それにしても特別とはどういう意味でしょうか……もしかして……」

その意味を考えるとマリアンヌの顔はまるでリンゴのように真っ赤になる。もちろん、王族である彼と結ばれるなんて思ってもいない。だけど……特別と言ってもらって悪い気になるはずもなかった。

「絵画の下敷きになったと聞いたが無事だったかい、マリアンヌ？」

コンコンというノックの音とともにやってきたのは甲冑《かっちゅう》を身にまとった金髪の青年だ。がっちりした体躯《たいく》に美しい顔立ちの美丈夫である。

「もう、ガウェインお兄様ったら心配のしすぎですわ。訓練を抜け出してはいけませんわよ」

「ふふ、訓練なんかよりも、この国なんかよりも、愛《いと》しい愛しい妹のことが大事なのさ。それで額に怪我をしたって聞いたけど……」

「それならばご安心ください。通りがかりの親切な方に治癒をしていただきましたわ」

アーサーの特別という言葉を思い出し、彼だとわからないように正体をぼかして答える。彼に迷惑がかかってはいけないという配慮である。結果的にアーサーの皆にほめられ『善行ポイント』をためるという目的とは正反対になっているのだが、もちろん、マリアンヌは知る由もない。

「そうか、それはよかった。その人の正体がわかったら言うんだよ。私からもお礼を伝えたいからね」

「はい、もちろんですわ」

「それにしてもその人の治癒は素晴らしい腕前だね。お前の美しい顔に痕でも残っていたら、国中を探してでも治癒してくれる人を探していたところだったよ」

おどけた口調で笑うガウェインだが、その言葉が本気だということをマリアンヌは知っていた。兄はこう……なんというか愛が重いのである。

もしも、あのまま自分が治癒をされずに傷痕でも残っていたら、本気で国中を回っただろう。そして、もしも治癒できる人間がいて、多額の寄付金などを要求され断られたりでもしたら、一生恨んでいたに違いない。

マリアンヌはそうならなくてよかったと安堵する。

「はい、結構ぱっくりいってしまって、はしたない声を上げてしまったのですが、親切な方が一瞬で治癒をしてくださいましたわ」

「我慢強いマリアンヌが声を上げるほど深い傷を一瞬で治癒しただって……」

再度一切の傷痕のないマリアンヌの額を見つめて怪訝《けげん》な声を上げるガウェイン。彼は戦場の最前線でなん度も戦ってきた騎士であり、治癒魔法を受けたこともなん度もあった。だからこそ、マリアンヌの言葉に違和感を覚えたのである。

「マリアンヌ……治癒魔法はね、君が思っているような万能な力ではないんだ。かすり傷ならばともかく、痕が残るかもしれないような深い傷を癒すにはなん時間もの時間が必要なんだよ」

「え……」

「そんなことができるのは治癒魔法を使える人間でも限られているよ。例えば聖女エレインや、我が国の第二皇子アーサー様とかね……君を治癒したのは本当に知らない人だったのかい？」

あ、これまずいやつですわ……兄はシスコンではあるが馬鹿ではない。このままではアーサーに迷惑がかかってしまうと思ったマリアンヌは奥の手を使う。

「それよりもお兄様、訓練をサボるならば晩御飯をご一緒しませんこと？　私、久々に一緒に食べたいんですの」

「本当かいマリアンヌ!!　いいとも!!　ああ、楽しみだなぁ。せっかくだ。今日は贅沢《ぜいたく》をしようじゃないか。美味《おい》しいポテトを出す店があるんだよ」

だらしなくにやけるガウェインを見てマリアンヌは安堵の吐息を漏らす。それにしてもアーサー様は本当にすごいんですのね……兄の言葉を聞いてますますアーサーへの尊敬の念が高まるマリアンヌだった。

3話 アーサーとメイド

ARTHUR AND THE MAID

翌日、アーサーは自分の屋敷を出て、城をうろついていた。昨日の出来事から困っている人を助ければ、喜ばれるとわかったので人が多い所にやって来たのである。

そして、当然ながらここで働く人間たちはアーサーの事をみな知っている。あいにくだが、城での彼の評判はお世辞にも良くはない。彼は確かに理不尽な事はあまりしないもののその治癒能力の高さから特別扱いをされているのだ。彼の機嫌を損ねていれば周りの貴族が余計な気をまわし、厄介な事になるのは必須である。

つまり、使用人たちからすれば腫物扱いなのである。だから、彼に「何か困ったことはないか？」と言われても、皆困惑しながら「何もございません」と答えるだけだった。

「ふむ。どうしたものか……？　皆に困ったことがないことはいいんだけどな……」

彼らの関わりたくないという気持ちに気づかず額面通り受け取ったアーサーが、一人そんな事を思いながら城内を歩いていた時だった。

「平民ごときが癒してもらっただと!!　まさかその体を使って誘惑をしたのか！」

「そんな……私はそんなことしていません!! それに……あの方はそんなことを望む人ではないと思います!!」

「貴様がアーサー皇子の何を知っているというのだ!!」

誰かが怒鳴られている声が聞こえてくる。気になって覗《のぞ》くとメイド服の少女と、高そうな服を着た貴族が話していた。いや、話し合いではないな。一方的に貴族がメイドにイチャモンをつけているのだ。

ふははは、善行するチャンスだぜ!!

アーサーは自らの保身のために意気揚々と人助けをしにいくのだった。


「くそ、あの世間知らずのガキめ……くだらん平民女に癒しの力をつかうとは……所詮は売女《ばいた》の子か……いや、待てよ。女に溺れさせてしまえばたやすく操れるな……」

アーサーが近づいていることに気づかず何やらぶつぶつと言っていた男はいやらしい顔でニヤリと笑った。この男のことをアーサーはよく知っていた。

この男こそがマリアンヌとの話に出てきた彼の取り巻き貴族の筆頭であり、世話係のゴーヨクである。アーサーに治癒してほしい人間がいるとよくお願いをしてきたものだ。

そして、革命がおき敗戦が濃厚になった途端アーサーを見捨てて海外に逃亡した挙句、元婚約者が色々と調べた結果、アーサーのお金を使い込んでいたことも発覚した金に汚く卑劣な男である。これまでのことを考えるとアーサーの治療のためにと、寄付金も大量に受け取っているに違いない。

なんかこいつが偉そうにしているのを見ているとむかついてきたな……。

前の人生のことを思い出し、ついでに文句を言ってやろうと思うと、からまれているのが先日お茶をこぼしたメイドだということに気づき早足になる。

「おい、メイド。その体を使ってアーサー皇子を篭絡するんだ。そうすれば特別給金を払ってやろう。悪い話ではあるまい？」

「な……私はそんなことをするためにメイドになったわけではありません!!」

「ふん、お前ごとき平民が私に逆らえると思っているのか？　お前だけではない。家族の職をなくすことだってできるのだぞ」

「そんな……」

距離があるため自分の名前くらいしか聞き取れなかったが、アーサーは困った顔をしているメイドの顔を見て、なんとか助けねばという感情が湧いてくる。

なぜならば彼女は前の人生で捕まったアーサーに優しい声をかけてくれた数少ない人間の一人なのだから。

彼は確かに世間知らずだけど、恩知らずではないのだ。

「俺と彼女がどうしたというのだ？」

「なっ、アーサー様!?」

「アーサー様……!!」

いきなり登場したアーサーにゴーヨクの声色に緊張が走る。それも当たり前だろう。アーサーの気分を害したという理由だけで、大貴族が気を利かせ左遷された貴族もいるという噂《うわさ》だってあるくらいなのだから。

逆にメイドは先日に優しく治療してもらったことが頭にあるからか表情が柔らかい。それを見てアーサーは自分が嬉しく思っているのを感じた。

「アーサー様にご迷惑をかけたメイドを叱っていたのです。王族につくメイドは、たとえ平民であってもうかつなミスは許されませんから。なあ、そうだろう」

何か聞かれたくないことでもあるのだろうか、ゴーヨクが鋭い目つきでメイドを見つめながら口を開く。ミスとはおそらく、紅茶をこぼしたことを言っているのだろう。

「そのことならば俺が悪いんだ。すまなかったな。だから、お前も怒りを収めてはくれないか?」

彼女には非がないのだと証明するために頭を下げると、ゴーヨクが息を飲む。

「そんな……アーサー皇子が謝られた……? 使用人のことなんて空気みたいに扱っていたこの方が……?」

ゴーヨクが驚くのも無理はない。これまでのアーサーは彼の言う通り、メイドのことをまるで人ではないかのように空気のように扱っていた。確かに理不尽な暴力などは振るわないが、我儘は言うし、彼女たちに気を配ることもしない。こんな風に言い争いに介入することはなかったし、ましてや無駄にプライドの高い彼がメイドのために頭を下げる事なんてありえなかったのだ。

そんな扱いに、アーサーのおつきをしている使用人たちも壁を感じると同時にどこか悲しい気持ちでいて……王族なんていけ好かないと愚痴るものもいたくらいだ。

それがアーサーという人間への評価だった。ようするに世間知らずのいけ好かないクソガキだったのだ。だから……彼が謝罪するという事実にゴーヨクは驚愕《きょうがく》する。

「アーサー様、頭をお上げくださいませ。さすがはアーサー様です、このようなメイドにもお優しくされるとは……やはり王の器ですな。主《あるじ》であるあなたさまがそう言うのならば私から言うことはございません」

大げさなリアクションで感動を示し、アーサーにうすっぺらい誉め言葉を発して、ゴーヨクは去ろうとする。その姿は本当にアーサーを尊敬しているかのように見えるからすごい。

「メイドよ、先ほどのは冗談だ。他言するなよ」

そして、小声でメイドをけん制するのも忘れない。

前の人生ではだまされたけどな、もう、お前の本性は知っているんだよ。

現にゴーヨクは急いでこの場から立ち去ろうとしている。何か後ろめたいことでもあるのだろう。

そう確信したアーサーは逃がすまいと彼の肩をつかんでにやりと笑っていった。

「ちょうどいい……最近モルガンのやつから小言を言われてな。皇子たるもの多少は仕事しろとのことなんだ。俺の財産の帳簿を持ってきてくれないか？　今後は自分で計算するよ」

「なっ……」

その一言でゴーヨクは目を見開いて顔色が真っ青になっていく。それを見て、アーサーはにやりとほくそ笑んだ。

ふははは、思った通りだ。このくそ野郎め!!　この時期からすでに俺の財産に手を付けてやがったな!!

アーサーは聖人ではない。自分を見捨てる相手に優しくすることはないし、むしろ、むかつく相手が焦る姿を見れば相応に楽しくなるのである。

「アーサー様……モルガンの小娘の言うことなど無視すればよいのです。すべて私に任せていただければ……」

「お前はモルガンに馬鹿にされたままでいろというのか？」

「……わかりました。すぐに準備いたします」

アーサーが睨《にら》みつけるとゴーヨクは説得をあきらめて逃げ出すように走っていた。アーサーは甘やかされて育ったために一度こうと言ったら意見を変えないことを彼は知っていたからだ。

そして、アーサーとメイドが取り残される。

「アーサー様、ありがとうございます」

「ああ、気にするな。君の力になれてなによりだ」

笑顔を浮かべるアーサーにメイドは眉をひそめる。いったいどうしたというのだろうか？　その答えはすぐにわかる。

「ですが……この前も私を治療してくれましたし、今もなぜ私を助けてくださったのですか？」

彼女がおそるおそるといった様子で当然の疑問を口にするとアーサーは自虐的に笑う。

ああそうだ。彼女には前の人生の記憶がないのだ。いきなり親切にされれば驚くのは当然だろう。

そして、そういえば、俺も彼女に同じように聞いたなと思い出し、思わず笑みがこぼれる。

そして、懐かしくなると思うのと同時に、申し訳ない気持ちになる。だって、アーサーは彼女の事を何も知らなかったのだ。知ろうともしなかったのだ。

「なんでか……それは俺の方が聞きたいよ。なんでお前は……ずっと仕えていたお前の名前すら覚えていない俺を救ってくれたんだ？」

「救った……ですか……？」

彼女が怪訝な顔をするのも無理はない。そして、彼にとっても本当に不思議だったのだ。なぜ、彼女はなん年も仕えた、彼女の名前すら覚えていなかった自分が落ちぶれても面倒を見てくれたのか……。


そして、彼は思い出す。彼女の献身を……。

そこは薄暗い地下牢だった。

魔力を封じる鉄の枷《かせ》をつけられて、かつては傷一つなかったアーサーの体はボロボロのまま放置され、ひんやりとした壁にその身をゆだねるように体を預けていた。

ズキズキと……ズキズキと……傷が痛む。

ごつごつとした地面は最悪で、ふかふかのベッドが恋しくなる。だけど、そんなものはすでに彼の元にはない。そして……あんなに彼をほめたたえていた貴族たちは彼を助けることもなく逃げ出して、使用人たちのほとんども未来のない彼を見限った。

一部の人間を除いては……。

「アーサー様、またそんな怪我をしちゃって……大丈夫ですか？」

「お前は……また、来たのか……」

「もう、そんな言い方傷ついちゃいますよ」

黒髪の少女は、見張りの兵士に頭を下げて牢屋へと入ると、すっかり汚れた傷だらけの彼の治療を始める。といっても傷口に包帯を巻くくらいの簡易的なものだ。

自分の服が汚れるのも気にせず、一生懸命治療してくれる、彼女の時おり触れる人肌がなんとも温かくて心地よい。

彼女が一生懸命包帯を巻いているのを見つめながらアーサーは恐る恐る疑問を口にする。

「なあ、なんでお前はこんなになった俺の世話をしてくれるんだ？　俺はもう皇子じゃないんだぞ。治癒魔法だって封印されているから誰かを癒すこともできないんだ」

だから、俺に媚を売っても意味なんてないんだ。そういう意図を込めて少女に訴える。この言葉を伝えることで彼女がもう来てくれなくなるかもしれないという恐れがあった。だけど、彼は聞かずにはいられなかったのだ。

正直、アーサーは彼女に特別厳しくしたこともないかわりに優しくした記憶もない。彼ら王族にとって使用人は道具のようなものにすぎなかったし、時には暴言を吐いたことだってあったと思う。そんな人間になぜ、打算もなく尽くすことができるんだ？

けれど少女は治療をやめなかった。

「もう……アーサー様はやっぱり覚えていないんですね。もしかして、私の名前も覚えていないんじゃないですか？」

「う……それは……」

彼女の言う通りだった、道具の名前なんて覚える必要はないとばかりに彼女どころかメイドの名前は誰一人覚えていなかった。あの頃はそれが普通だった……というのは言い訳だろう。アーサーも今ならばわかる。本当に自分は傲慢でどうしようもない男だったのだ。

「名前は秘密です、ちゃーんと思い出してくださいね」

「な……？」

「ですが、あなたに感謝している理由は教えます。昔……私の妹が病気だった時にあなたが癒してくれたんです。きまぐれだったっていうのはわかっていますよ。だけど、薬も高くて買えなかった私にとっては本当に嬉しかったんです。そのお礼です」

彼女の言葉を聞いても、アーサーは何一つ思い出すことができなかった。だけど、目の前の少女はそれがわかっていたとばかりに変わらぬ熱意をもって治療を終えて、今度は濡れたタオルでアーサーの体を拭いてくれる。

「俺はなんて傲慢だったんだろう……なんでお前らを知ろうとしなかったんだろう……」

「そんな泣かないでください。私は気にしていませんから……せっかくの美しい顔が歪《ゆが》んでしまっていますよ」

己の愚かさを悔いて涙を流すアーサーに困ったように笑いながら、彼女は変わらず彼の体をふき続ける。バケツに入った水は冷たく、しぼったタオルを絞る彼女の手も冷えてつらいだろうにそんなものを感じさせないように……。

それはかつての記憶。アーサーが捕まってからの数少ない温かい記憶だ。そして、彼は思ったのだ。もしも、彼女に礼をできるならばなんでもしようと……。

「アーサー様大丈夫ですか？　アーサー様？」

過去の記憶がフラッシュバックしてきたからか、いきなり頭痛がした。これはアーサーがかつて体験した出来事だ。そして、あれだけじゃない。彼女は彼の処刑にまで反対してくれたのだ。

そう、彼女はアーサーを最期まで心配してくれた忠義のメイドなのだ。

「なあ……名前を教えてくれないか？」

「名前……ですか……私はケイといいます。ですが、その……平民の出ですし、アーサー様にわざわざ名前を覚えてもらうほどの人間では……」

「ケイか……そうか……お前はケイっていうのか……」

何やら申し訳なさそうな顔をする彼女の名前を彼は二度と忘れはしないと覚悟を決めて、心に刻む。

その名を口に出すと、彼女の優しさと己の愚かさが思い出される。

かつての俺は本当に何も知ろうとしなかったんだな……。

そして、ケイの忠義に感謝を込めて一つの提案をすることを決めた。先ほどのやりとりからゴーヨクは彼女に何か無茶な命令をしようとしていたのだろう。ならば彼女を守る必要がある。

「では、ケイには俺の専属のメイドになってもらう。ほかの人間の命令を聞く必要はない。これからは俺のメイドとして頑張ってくれ」

「はい……ええええええぇぇぇぇ!?」

アーサーの突然の提案にケイは素っ頓狂な悲鳴を上げる。その表情には困惑の色しかない。

ふふふ、叫ぶほど嬉しかったのか。良いことをするのは気持ちいいな。

だが、人の心のわからないアーサーはそれを歓喜の声と勘違いして満足そうに微笑んで頷く。

「私が専属メイド……？　しかも、王族の……？」

「ん……？」

混乱しているケイをながめていたアーサーだったが、背後から視線を感じ振り返る。するとじーっとこちらを見ている銀髪の少女に気づき固まる。

「な……モルガン？」

アーサーは前回での元婚約者を見つけて思わずうめき声をあげた。彼女はどこから見ていたのだろうか？　悪いことはしていないはずだ。むしろ良いことをしたはずである……冷や汗を流しながら自分のやったことを思い出す。

むかつく貴族に文句を言って帳簿をもってくるように命令した。しかも、モルガンをだしにして……そして、ケイを救うためとはいえ、誰にも相談せずに専属メイドを選んだ。

やべえ……前の人生の記憶がないと権力を乱用しているだけみたいじゃん!?　はたから見たら、気に食わない貴族にいちゃもんをつけて、自分の好みでメイドを出世させたクソ皇子である。

そして、モルガンが最も嫌うことは貴族が好き勝手に権力を使うことである。彼女はよくノブレスオブリージュとかほざいていた記憶がある。

前回の知識をもとにやった正しいことなんだと言ったところで聞く気はないだろう。ていうか、むっちゃ馬鹿にした表情で、『前回の知識があるわりには今回も愚かね』とか言ってきそうである。

どうごまかそうと冷や汗をかいていると、モルガンがにたりと笑った気がする。

「ひぃ……」

その笑みに思わず悲鳴が出てきた。あれはいつも嫌味を言うときの行動である。こういう時に打てる手は一つしかない。

「じゃあ、ケイよ。正式な任命と告知は後ほどおこなう。さらば」

「え……え？　アーサー様？　ちょっとお待ちを……」

アーサーは困惑しているケイをおいて何かを言われる前にさっさと逃げだすのだった。実に小物である。

4話 専属メイド

THE EXCLUSIVE MAID

専属メイド。

それはエッチなメイドさん……というわけではない。いやそういう風に扱う貴族もいるが、アーサーの場合はもちろんそんなことを考えてはいない。

一般的には身分の高い貴族がもっとも信用するメイドを任命し、身の回りのすべてを任せて、場合によっては代理として自分の名前を使う事すら許しているメイドの頂点のような存在である。

とはいえすべてのメイドにチャンスがあるわけではなく、たいていは派閥の強化のためだったり、子供の頃からの付き合いのある信頼と力のある貴族出身のメイドがなるものであり、間違っても平民の、しかも新人メイドであるケイがなるようなものではないのだ。

だからこそ、ケイは突然の出世に困惑していた。彼の言う救ってくれたという話に身に覚えがない上に、給金の額も昨日までの五倍以上に増えたのだ。嬉しさよりも困惑の方が上回るに決まっていた。

アーサー様が噂とは違いお優しい方ということはわかっていましたけど……なぜ私を専属メイドに……？

そんな彼女の様子に気づいていないアーサーは良い事をしたとばかりに満足そうに笑顔を浮かべた後に、古ぼけた日記のようなものを読んで、何やら考え事をしているようだ。ケイも読ませてもらったが、見たことのない言語で書かれており、わからないと言うと彼は残念そうな顔をしていた。

「アーサー様、お茶の準備ができました」

少し緊張しながら彼に声をかける。ケイはメイドとして特別優秀なわけではない。そりゃあ平民出身とはいえ、城のメイドに選ばれるのだからそれなりの技術はあるが彼女よりも美味しく紅茶を淹《い》れることのできる人間はなん人もいる。

「ありがとう。いただくよ」

だから……まずいと言われないかと少しびくびくとしながらもアーサーが紅茶を口にするのを見つめていた。

「いつもと随分と違うな……」

「申し訳ありません。茶葉は同じはずなのですが、マリアンヌさんとは淹れる技術に差がありまして……急いで淹れなおしを……」

慌てて謝る彼女に対してアーサーは驚いたように目を見開いて……そして、穏やかに微笑んだ。

「いや、いつもの味も好きだが、ケイが淹れてくれたのも俺は好きだよ。そうか……そうだよな。みんな違うに決まっているんだよな……」

「アーサー様……？」

何かを感じ入るようにつぶやく彼から返事はなかった。だけど、ケイの言葉を聞いて大事なことを考えこんでいる彼の姿はとても真剣で……メイドのことをなんとも思っていないという噂とは違って映った。

それこそ、それまでは緊張で一緒の空間にいるだけで、息が詰まりそうだったのに、親しみやすいなと思ってしまうくらいに……。

「ふー、緊張したぁ……だけど、優しかったな」

専属メイドになって一日がようやく終わる。ケイは使用人の更衣室で今日の事を思い出していた。美味しい話には罠《わな》があると……何か無茶なことを頼まれるのではないかと少しびくびくとしていたが、仕事はいつもと同じ、いや、先輩メイドに何かを押し付けられたりなどがない分、むしろ楽だった気がする。

「そもそも、アーサー様は理不尽なことをするような方ではなかったですもんね……」

付き合いはまだ短いが、思い返せば彼は世間知らずなところがあり、怒ったりすることもあった。だけど、理由を説明すれば納得してくれるし、後々それを引きずるようなこともなかった。

反感を買った使用人が首になることもあったが、それも彼が動いたのではなく、彼の関心を得たい貴族の仕業という噂だった。

浮世離れしていて、何を考えているかわからない方ですが、思ったよりも良い人だったのかもしれませんね。特に最近は優しくなられた気がします。

ケイが火傷を癒してもらった手をなでながらそんなことを思いつつ、使用人室で着替えているところだった。

「ケイ……話があるんだけど大丈夫かしら」

「はい、なんでしょうか?」

同じメイドのマリアンヌに声をかけられてケイは緊張気味に答える。同僚といっても彼女は貴族の令嬢でケイの同年代でありながら教育係をつとめておりメイド長のような立ち位置である。

誰にでも厳しく、ケイもだいぶしぼられたものだ。そのかわり自分にも厳しいため能力は高い。彼女の淹れたお茶をのませてもらったこともあったが、本当に同じ茶葉を使っているとは思えないほどだったのを覚えている。

そして、最近の彼女はアーサーに尽くすことにやたらと熱心だった。専属メイドを狙っていたという噂が立つくらいに……。

だから、ケイが専属メイドに決まった後、他のメイドからマリアンヌに気をつけなさいとまで言われていたのだ。

「ちゃんとアーサー様の御世話はできたでしょうね、失礼があったら許しませんわよ」

「はい、もちろんです!!」

「そう、お茶の淹れ方も失敗しなかったでしょうね？」

そう言われて昼間の出来事を思い出して……一瞬言葉に詰まると、ぎろりと睨まれる。大丈夫、ちゃんとアーサー様も喜んでくださいましたし……。

そう、自分に言い聞かせる。

「はい、なんの問題もありませんでした!!」

「そう、ならいいけれど……ところで、あなたまさか、このまま自室で寝るつもりじゃないですわよね？」

「え？　そのつもりですが……」

「はぁぁぁ……」

ケイの言葉にマリアンヌは大げさなまでにため息をつく。何かやってしまっただろうか？　と考えているとマリアンヌが仕方ないとばかりに言った。

「あのね、あなたみたいな平民が専属メイドに選ばれたのよ。その意味くらいわかるでしょう？　夜のお相手もするに決まっているでしょう」

「ええ――、だって、そんなことをしなくてもいいってアーサー様は言っていましたよ!!」

そういう事を望まれているのかと思いびくびくしながら聞いたが、彼は驚いて目を見開いた後に「傍《そば》にいてくれるだけでいいんだ」と言ってくれたのだ。

それをマリアンヌに説明すると彼女は再び大きくため息をついた。

「そんなの社交辞令に決まっているでしょう。専属メイドなんだから言葉の裏くらい読まなくてはだめですわ。あの人は私たちのような凡人とは違う選ばれた人間なんです」

あきれた様子でケイに注意した後にマリアンヌはどこか寂しそうに憂いに満ちた顔でアーサーの部屋のある方を見つめた。

「でも……それが重荷になっているのかもしれませんわね。だから、あなたのような何も知らない平民を専属メイドに選んだのかもしれませんわ」

もちろん、アーサーはそんなことは一切考えていない上に、特別扱いされていることすら気づいていないのだが、彼女にそんなことはわからない。

「確か治癒の能力ですよね。私も少し前に癒していただきました」

「本当ですの!! 本来でしたら、あの方の治癒を受けるには、かなりの高額の寄付をつまなければなりませんのよ!! まさかあなたも特別なんじゃ……あ、もしかして……」

マリアンヌは驚愕の声を漏らす。そして、ケイの顔を見つめて、何かを思い出したかのように頷いた。

「そういえば……アーサー様のお母さまは平民出身だったという噂を聞いたことがあります。もしかしたら、あなたに母親の姿をみているのかもしれませんわね」

「私にお母さんをですか……?」

マリアンヌの言葉を否定しようとして……彼の態度を思い出す。例えばエッチな事をしたいのかと聞くと驚かれたりとか、あまりおいしくないお茶を淹れても嬉しそうに飲んだりとか、彼の態度は不思議だった。

恩義という言葉は自分の母を思い出させてもらったからだろうか？　そう考えればアーサーの態度と言動にも納得がいく気がする。

いや、するのだろうか……？　さすがにそれはないのではないだろうか？　とケイは内心で突込みをいれる。

「さすがにそれはないのではないでしょうか？　それにお母さんだと思われていては何をすればいいかわかりませんし……」

「そんなことありませんわ。要するにアーサー様を甘やかせばいいんですもの。それに赤ちゃんプレイとかもありますし……」

「赤ちゃんプレイ……ですか？」

知らない言葉に思わず聞き返すと、マリアンヌも恥ずかしいのか顔を真っ赤にしながらも色々と教えてくれる。

「ふぇぇぇ……」

その内容にケイは思わず情けない悲鳴を上げる。貴族には倒錯的な趣味の人間もいると聞いたことはあるがまさか自分の主がそうだとは思わなかったと言葉を失う。

知らないところでアーサーの株は大暴落である。

「というわけで……いざという時のために準備していたこれをあなたにあげるから、頑張りなさいな」

「頑張るって何を頑張るんですかぁぁぁ!?」

そう言って彼女は紙袋をケイに渡すとそのまま自室へともどって行ってしまった。いや、だって……そういうことは好きな人とやるものじゃ……というか、恋人すらできたこともないのに、いきなりママになってしまうのだろうか？

などと頭をぐるぐるとさせながら、マリアンヌからもらった紙袋をあける。何か布だろうか……？

「――――!?」

隠すところが全然隠れていない、俗に言う勝負下着だった。これを使って誘惑をしろという事なのだろうか？　というかなんで彼女はこんなものを持っていたのだろうか？

マリアンヌは変態なのだろうか……と思いながら、ケイは憂鬱な気持ちで身に着けるのだった。


「失礼しまーす」

仕方なくアーサーの元にやってきたケイはなんとかそういう雰囲気にならないようにしようと考えながら、扉をノックする。本当は来たくなかったが、同室のマリアンヌにばれたら怒られるからしかたなく来たのである。

しかし、返事はない。ただの屍《しかばね》のようだ。いや、屍だったら大問題である。

「寝ているのですね。これは帰るしかないですね」

そう、安堵してつい癖で扉の鍵を確認すると、ぎ――っという音と共に開いてしまった。

うわぁ……これってやはりこういうことですよね……。

ケイはノックをして帰らなかった自分を呪いながらアーサーの部屋に入っていく。するとそこからは何やらうめき声が聞こえてきて……一瞬びくっとしたケイだったが、ベッドに横たわっているアーサーが辛《つら》そうな表情で何か言っているのが聞こえてきた。

「アーサー様……？」

「うう……痛いよう……ごめんなさい……でも、俺はどうすればよいかわからなかったんだ。なにをすればよかったのかわからなかったんだ……」

悪夢でも見ているのだろうか、辛そうに、苦しそうに誰かに謝っているアーサーがいた。その様子を見て……彼女の脳裏に今は家にいる妹が昔悪夢を見た時にこんな感じだったなということと、マリアンヌの「誰かに甘えたかったんじゃないか」という言葉を思い出した。

気づくと、彼の手を握って子供に言い聞かせるように優しく言った。

「大丈夫ですよ、私は許します。それに、わからなかったら誰かに聞けばいいんです。誰かに聞きにくかったら私に聞いてください。私でもわからなかったら一緒に考えましょう」

妹が苦しそうにしていた時もこうしていたな、などと思い出しながら手を優しく包むようにして握る。

「……すぅーすぅー」

すると彼女の言葉が通じたかのように不思議と彼のうめき声が収まっていく。そんな彼を見て彼女は考える。

アーサー様はわたしからすれば雲の上の存在で……恵まれた環境にいて、悩みもない人だと思ったけどそれは思い違いだったかもしれない。

彼が自分たちの事を知らなかったように、自分もまた彼のことを知らな過ぎたのではないかと？

そう思うと、自分を専属メイドにしたことにも何か彼なりの考えがあるのだろう。さすがにマリアンヌの言うように、母の代わり云々《うんぬん》は置いておくが、誰かに甘えたかったのではないかというのは本当だったかもしれない。

ケイが淹れた大して美味しくもないお茶を飲んでくれていた時の彼の表情を思い出す。あの時彼は本当に幸せそうだったのだ。

「私にはあなたが何を考えているか、何を抱えているかわかりません。でも、何かあったら頼ってくださいね。私はあなたの専属メイドなんですから」

自然とそんな言葉があふれ出てくる。彼が自分に何を求めているかはわからない。だけど、彼に頼られたり甘えられるのはケイにとっても悪い事ではないように思えたのだ。

「その……お母さんは無理ですけど、お姉ちゃんくらいだったらなってもいいですからね。それに私

「……実は弟が欲しかったんですよね」

ちょっと誤解をしたままだけど、彼女はアーサーに心を開いたのだった。


「うーん……なんか重いな……」

翌朝アーサーは重さとともに柔らかい感触を感じて、目を覚ました。不思議と久々に心地よい目覚めだった。今日見たのは最近よく見る処刑されるときの夢ではなく、まるで誰かに見守ってもらっているようなそんな夢だったのだ。

そして目を開いたアーサーはすーすーと気持ちよさそうな寝息を立てているケイの寝顔が目に入って……。

「きゃぁぁぁぁぁぁぁぁぁぁ!!」

思わず女の子のような悲鳴をあげてしまった。そう、人生をやり直しているというのに前回もこれまでもこの男は異性関係の経験がほぼないのである。

「待った、待った、これはどういうことだよ。え? 俺なんかしちゃった?」

元々がその治癒能力のおかげで特別扱いであった上に婚約者との仲も最悪だったのだ。そして、革命がおきたおかげでついそういう経験をすることをせずに人生を終えているのである。

そんな彼からしたら寝起きに女の子が同じベッドで寝ているというのは刺激が強すぎたのだ。

「あ……申し訳ありません。私まで寝てしまいました。すぐに朝ごはんの準備をさせていただきますね」

「あ、ああ……そのなんでケイがここに……？」

予想外の状況に動揺しているアーサーを見て、ケイが楽しそうにクスリとわらった。

「うふふ、やっぱりマリアンヌさんの考えすぎだったんですね。ちょっとアーサー様の事が気になって様子を見に来たんです。それよりも昨日はよく眠れましたか？」

「昨日か……」

確かに久々に熟睡できた気がする。それは彼女がいてくれたおかげだろうか？　きっとそうに違いない。前の人生で俺を心配してくれた彼女がいたから悪夢から解放されたのかもしれない。

アーサーは前の人生だけでなく、今回の人生でも救ってくれる彼女という存在に感謝し礼を言う。

「ありがとう、おかげでぐっすりと寝られたよ。よかったらまたこんな風に手を握って一緒に寝てくれないか？」

「え？　一緒に寝る……？　それって……」

顔を真っ赤にするケイを見て、自分の言葉の意味に気づいてアーサーの顔もまた真っ赤に染めながら、あわてて言い訳をする。

「違うんだ。その変な意味じゃなくて……俺が寝るまで手を握っているだけでいい。もちろん、俺はなんにもしないから」

「ああ、そういうことですよね。うふふ、アーサー様はやっぱり甘えたかっただけなんですね……」

「甘えたかったか……」

アーサー自身そう言われるとしっくりくる気がする。彼にとって甘える相手というのはいなかったのだ。家族だって他人とはあまり変わらなかった。母は彼を産んですぐにどこかに消え、父は仕事で忙しくかまうことはしなかった。

兄は時々話しかけてきてくれたが、弟のモードレットと会ったことは数回しかない。ましてや、こんな風に一緒に寝てくれる人なんていなかったのだ。

「でも、そうですね、私はあなたの母にはなれませんが姉にならなれると思いますよ」

「え、母？　姉？」

ちょっとかみ合わない会話にアーサーは怪訝な顔をする。そもそもアーサーは母の顔すら覚えていないし、姉にいたっては存在すらしないのだ。どんな感情も抱いていない。

まあよくわからないが、ケイが姉っぽく振舞いたいならばいいだろう。彼女の忠義にはなんでも応えるつもりである。

それに……誰かに甘えるなんて、前の人生では考えられなかったが、彼女にこうしていると不思議と心が落ち着くんだよな。

そう思ってアーサーは頷いた。

「ああ、じゃあ、それで頼む」

「はい、もちろんです。その代わり……私にアーサー様の事をもっとおしえていただけますか？」

「俺のことを……？」

ケイの言葉を思わず聞き返す。今までアーサーの事をそんな風に知りたいという人間はいなかったからだ。誰もが彼の能力だけを気にしていたのだ。

前回の人生での専属メイドも彼を知ろうとしなかった。彼が望めばほしいものをくれたけど、彼の好みを知ろうとはしなかった。だから、その言葉が嬉しくて……。

「本当にケイを専属メイドにしてよかった」

アーサーは心の底からそう思い、胸が熱くなってくるのを感じる。

「うふふ、そんな事を言われちゃうと照れてしまいます。専属メイドの私にもっと頼ってくださってもいいんですよ、アーサー様」

そして、アーサーは彼女に色々な事を話す。自分が世間知らずだということがわかりちょっと気にしている事や、前の人生でケイに教えてもらった露店というものに興味があること、好きな物や嫌いなものだ。

たいして面白くもないはずなのに、ケイはずっと嬉しそうに聞いてくれた。そして、それがアーサーには新鮮で、とっても嬉しかったのだ。

そうして、ケイは本当の意味で彼の専属メイドになったのだった。

5話 アヴァロン

AVALON

城の外では連日、民衆たちから不満の声が響いていた。

その原因はいくつもある。

例えば魔物のせいで小麦が取れなくなってしまい食料が十分に行き渡らなくなったこと……。

例えば貴族の理不尽な横暴により、ドワーフたちとの関係が悪化し、美しい装飾品が出回らなくなったこと……。

例えば民衆が苦しんでいるというに、貴族たちは湯水のように金を使い、外国から自分たちだけ食料を得ていたこと……。

そして、それらのことを注意した教会の言葉を無視した結果、ブリテンにプリーストが送られなくなり、貴族のお抱えの治癒師とアーサー＝ペンドラゴンくらいしか癒し手がおらず、民衆たちの大半は治癒されずに病や怪我に苦しむようになったこと……。

様々な要因が重なり民衆の不満が爆発したのである。

「くっそ、どうなっているんだよ、これは!!」

アーサーは目の前の書類の山を前に頭を抱える。机の上に並べられている紙は苦情！　苦情！　苦情！　の嵐である。父が王を引退するということでアーサーが王位を引き継ぐことになったのだが、ブリテンはもはや崩壊寸前だった。

「だから、前々から言っていたでしょう。この国の抱えている問題を解決しないといつか民衆の不満が爆発するって……人の言うことを聞かないからよ、お馬鹿さん」

「うぐぐ……」

感情のない言葉で返すのはモルガンという少女だ。そして、彼女はアーサーの幼馴染《おさななじみ》であり婚約者でもある。とはいっても仲がよいわけではない。むしろ、いつも皮肉ばかり言ってくるので苦手だといえよう。

「大体食べ物がないくらいでなんだよ。パンがなくて不満だっていうのなら、ケーキでも食べればいいだろう」

「……」

思わずぼやくとモルガンがにやりと笑った。あ、これはむかつくことを言う前フリである。なんだかんだ付き合いの長いアーサーにはわかっていた。

「あのねぇ……パンもケーキも小麦粉でできているのよ。小麦がないのにどうやってケーキを作るの？　あなたの頭にはクリームでもつまっているのかしら？」

「ぐぬぬぬ……」

容赦のない口撃。来るとわかっていてもむかつくものはむかつくものである。

「くそが!! だいたいゴーヨクはどうしたんだよ。最悪、俺の私財をばらまいて外国から食べ物を買って不満を解消すれば……」

「残念ね……あいつはあんたの金を持って逃げたわよ」

「はっ？ だって、あいつは食料の仕入れは自分にまかせておけって……」

予想外の言葉にアーサーがまのぬけた声をあげる。そんな彼を見てモルガンは冷笑する。

「それだけじゃないわ。あんたの取り巻きのほとんどは逃げ出したわよ」

「最近見ないと思ったらそういうことかよ……」

「だから言ったでしょう？ 付き合う貴族は選びなさいって。とりあえず協力してくれそうな貴族や商人をピックアップしておいたけどどうする？ 頭を下げれば少しは話をきいてくれるかもしれないわよ」

憐《あわれ》みの視線で見つめるモルガンが差し出した書類を必死の様子で読み込むアーサー。それを見て彼女はぽつりとつぶやく。

「あなたは逃げようとしないのね……愚かで無知だけど、その責任感の強さだけは認めてあげるわ」

「ん、何か言ったか？」

「いえ、別に……リストを見たら行きましょう。いまならまだ革命を止められるかもしれないわ」

そうして、アーサーたちは協力者を探しに出かける。結局、革命を止めることはできなかったが、モルガンは最後の最後まで彼と一緒にいようとしたのである。

「なあ……専属メイドってここまでするものなのか？」

「はい、もちろんです。私は専属メイド《お姉ちゃん》ですからね。アーサー様のお食事のメニューもチェックさせていただきます。放っておくとすぐお肉ばかり食べるでしょう？　あ、ピーマンを残してはいけませんよ。ちゃんと食べなきゃ大きくなれません」

苦手なピーマンを弾《はじ》こうとしていたら叱られてしまったアーサー。

「うう……わかったよう……」

それはかつてではありえないことだった。アーサーの事をこんな風に叱る人間はいなかったし、仮にいたとしても、不敬であると次の日には取り巻きによって、彼の知らないところで城を追放されていただろうから……。

だけど、目の前のアーサーは注意をされながらも、どこか嬉しそうである。

そして、彼女の世話焼きっぷりは、食事だけではない。着替えのお手伝いから、お風呂に入るのをサボろうとしている彼を叱ったりと様々だ。

そのこともあり、城内でもアーサーのイメージは変化しつつあった。

あれ、アーサー様って結構親しみやすいのでは……？　と……。

そして、お昼を食べおえたアーサーは、中庭で日光を浴びながら『善行ノート』を片手に唸《うな》っていた。そんな彼にケイはリラックス効果のある紅茶を淹れながら訊《たず》ねる。

「どうしたんですか、アーサー様。悩みがあるなら遠慮なく言ってくださいね」

「そうだな……じゃあ、さっそく質問があるんだがいいか？」

「うふふ、お任せください、私はアーサー様の専属《お姉ちゃん》メイドですから」

「ありがとう……それでさ、困っている人を助けたいんだ。どうすればいいんだろう？」

頼られたことを嬉しそうに笑うケイにアーサーは善行ポイントをためるために彼女の知恵を借りることにする。

善行ノートのことは伏せつつ人に感謝されるようなことをしたいと伝えた。

「アーサー様……素敵です!!　ノブレスオブリージュというやつですね、立派に育ってくれて、専属《お姉ちゃん》メイドとして嬉しいです」

「あ、ああ……ありがとう」

いや、別にケイに育てられた覚えはないのだが……と思ったが、彼女に褒められるのは悪い気がしないアーサーは黙っていた。ちょっと空気を読めるようになったのである。

「昨日もみんなに何か困ったことはないかと聞いたんだが、特にないと言われてしまってな……誰も困っていないのは素晴らしいことなんだが、俺は誰かのために動きたいんだよ」

「あー、そういえば、アーサー様が変わったことをしているから気をつけろと同僚に言われましたね……そういうことでしたか……」

何か聞き覚えがあるのか、ケイが少し眉をひそめる。その様子に気づかないアーサーはケイに誇らしげな顔をして言った。

「だから、今日もこれから貴族たちや使用人に何か困っていることはないかと聞いてみるつもりなんだ。ケイも付き合ってくれるか？」

「アーサー様、それはおすすめできません。使用人たちは誰も困っているとは言えないでしょうし、貴族の方々も同様です。それに、最悪、アーサー様の善意が利用される可能性もあります」

「え、なんでだ？」

本当にわからないという顔をしているアーサーにどう説明しようかとケイは悩む。貴族の思い付きで振り回されるのは使用人たちによくあることであり、それが原因で職を失ったり、ひどいときは処刑されることもあるのだ。それゆえ。専属メイドや貴族出身の使用人以外は基本的に必要以上にかかわらないようにしているのである。

これも貴族と平民の身分が違いすぎるが故の弊害であり、他の貴族たちはわかっている暗黙の了解のようなものなのだが、世間知らずのアーサーはそんなことを知るはずがなかった。

だが、ケイとしてもせっかくのアーサーの善意を無駄にはしたくなかった。だから、彼がわかりやすいように説明を試みることにした。

「そうですね……アーサー様は王族であり、治癒魔法の使い手という特殊なお立場なんです。だから、みんなはアーサー様とあまり関わることができないので、あなたのことをよく知らないんです。知らない人に、いきなり親切にされたり、物をもらったりしたらなんでだろうってなりませんか？　それと一緒です。何かお返しをしなければいけないんじゃないかと、みんな警戒してしまうんです」

「そうか……？　俺はよく知らん貴族に宝石とか、自分の領地の名産品などをもらうぞ」

「そうなんですね……さすがですね……」

ケイの説得は無駄に終わった。アーサーの常識と平民であるケイの常識は違いすぎたのだった。だけど、彼の専属メイドとなった彼女《お姉ちゃん》はなんとかわかってもらおうと頭を働かせる。

そんな彼女の心情に気づいてかアーサーは申し訳なさそうに言う。

「俺にはなんでダメなのかわからないけどさ、ケイがダメって言うならほかの方法を取ろうと思う。だから、どうすればいいか別の方法を一緒に考えてくれないか？」

これは前の人生のアーサーを知っている人間がいたら信じられない言葉だった。他人の気持ちを考えることのなかった彼が今、他の人間の気持ちを知ろうとしているのだ。

前の人生では捕まるまで一切考えなかったそのことを……。

「アーサー様……」

彼の真剣な表情で紡がれる言葉にケイは胸が熱くなるのを感じた。もちろん、彼女はアーサーが二回目の人生を過ごしていることは知らない。だけど、彼の言葉や表情から自分への強い信頼を感じたのだ。

そして、それは彼女にとっても嬉しく思う。

「わかりました。これから一緒に学んでいきましょうね、アーサー様」

「ああ、ありがとう。これからも変なことを言うかもしれないがいろいろと教えてくれ」

「もちろんです。たくさん頼ってくださいね」

アーサーとケイは見つめあって笑いあう。その様子がなんともかわいらしく、ケイのアーサーへの姉心はどんどんと上がっていく。

「そうだ……私ではいいアイデアが浮かびませんが、困っている方がたくさんいるところならあてがあります」

「本当か!?」

アーサーが嬉しそうに声を上げるとケイは笑顔で答える。

「はい。そういう時は『アヴァロン』に行きましょう。あそこには色々な情報が集まってきますから、きっと困っている人も見つかるはずです」

「あそこか……」

途端に渋い顔をするアーサー。それも無理はないだろう。なぜならばそこには彼の天敵がいるのだから……。

城の中心部から少し歩いたところにそれはあった。扉の中ではなん人もの文官がせわしなく働いているのが見える。

「アヴァロンか……懐かしいな……」

「はい、困った方に関しての情報を得るならばここが一番良いかと思いまして」

ここは国の行政をつかさどる機関『アヴァロン』である。貴族たちの間でおきた問題はもちろんのこと王都に住む領民たちの意見もここにあつまるのである。

もちろん、ここのことは彼の頭にもよぎっていた。だけど、とある理由で、できれば来たくはなかったのである。

「さて、どうするか……」

「そうですね……責任者の方に聞けば力を貸してくれるかもしれませんよ」

「責任者か……やっぱりそこだよな……」

アヴァロンの責任者という人間にアーサーは心当たりがあった。というかぶっちゃけ苦手だった。やっぱり帰ろっかな……と思ってしまうくらいに……。

そう、アーサーは決して善人でない。民衆のために自分を犠牲にしようと思うような人間ではないのだ。ケイの時は彼女に恩があったからこそ優しくしただけに過ぎない。見知らぬ人間のために進んで嫌な思いをしたいかというと……とても微妙である。

善行ポイントを稼ぐ方法は他にあるんじゃないだろうか？

そんな風に逃げ腰になった時だった。

「そういえばあいつ牢獄にいったらしいぜ」

「ああ、あの剣鬼……ランスロットだっけか……色々とやらかしていたからなぁ。当然じゃないか？　ひょっとしたら処刑されるかもしれないな」

役人たちの雑談が彼の耳に聞こえ、地下牢で過ごした時の記憶とギロチンの感触が思い出されて体がぶるっとするのを考える。

「大丈夫ですか、アーサー様？」

顔色を悪くする彼を心配するケイの言葉で彼女に人の役に立ちたいと言ったときの喜んでくれた笑顔が思い出される。

ギロチンは嫌だ!!　それにケイの笑顔を裏切れるかよ!!

ギロチンへの恐怖と恩人の期待を裏切りたくないという気持ちが彼を前へと進ませる。そして、アーサーはケイに外で待ってもらい室長室へと向かう。

「貴様、私をアーサー皇子の教育係から外した上に、処罰するとはどういうことだ!!」

室長室を開けると、そこには輝くような銀髪に鋭い目つきの美少女モルガンと、中年のでっぷりとした体に、高価なアクセサリーを身に着けたゴーヨクが言い争っていた。

「ですから、あなたがアーサー皇子のお金を使い込んでいた証拠はすでにつかんでいるのです。慌て

て、証拠を隠滅しようとしたようですが、遅かったですね。使用人にも優しくしておけばあなたの末来も変わったかもしれませんよ」

「な……あいつら、まさか……」

冷笑しながらモルガンが、ゴーヨクにみせびらかすようにして書類の束を机の上に置くと、彼の顔色が青くなっていく。

なにこれ、こわい……。

とんだ修羅場の最中に来てしまったようだ。

というか、ゴーヨクが教育係を外されるなんてことは前の人生ではなかったぞと、アーサーが驚いていると、モルガンと目が合い……彼女がにやりと唇をゆがめた。

「おや……ちょうどいいタイミングで来客がいらっしゃったようですね」

「アーサーさまぁぁぁ助けてください!!　この女が私をはめようとしているのですぅぅぅぅ!!」

「うおおお!?」

アーサーの存在に気づいたゴーヨクが半泣きになりながら、しがみついてきた。先ほどまではモルガンに怒鳴っていたというのに涙目でこちらに訴えてくる姿は、かわいそうな被害者にしか見えない。

相変わらずすごい演技力である。

「モルガン……詳しい事を説明してくれるか？」

「はい、この男があなたの私財を私物化していたので、その証拠を見せてお話をしていたところです。

すでに、司法の方にも報告書を提出しています。このまま何もなければこの男は裁かれるでしょう」

「アーサー様、私はこの女にはめられたのです!!　あなたが幼少の時から面倒を見てきた私がそんなことをするはずがないでしょう!!　あなたならば私を助けられるはずです!!」

確かにそうだ。王族である彼ならば、この程度の証拠ならば簡単にもみ消すことができるだろう。それだけ貴族や王族の権力は絶大であり……前の人生でモルガンが問題視していたことなのだ。

「なるほど……どちらかが嘘《うそ》をついているという事か……」

二人の視線がアーサーに集中する。ゴーヨクは散々自分を利用したのだ。前の人生では気にも留めなかったが悪い噂もよく流れていた。おそらく、今回の私財の着服だけでなく、アーサーを利用し続けていたのだろう。そして、モルガンは確かにむかつくが、間違ったことは言わなかった。どちらを信用するかなんて決まっている。

アーサーがゴーヨクににやりと微笑むと、彼は救われたとばかりに声をあげる。

「ふん、小娘が調子に乗りおって!!　城を追放されるのは貴様の方だ!!　さあ、言ってやってください、アーサー様」

「モルガン……」

「はいなんでしょうか?」

無表情にこちらを見つめてくる彼女にアーサーは命令をする。

「部下を呼んでこの男を捕らえろ。そして、こいつの館や取引のある人間を徹底的に調査しろ」

「へぇ……」

モルガンは一瞬目を見開くとにやりと不気味な笑みを浮かべ頷いた。

「わかりました。お任せください」

その一方、アーサーの予想外の言葉にゴーヨクの表情が驚愕に染まる。それだけ完全に手綱をにぎっていたつもりのアーサーの言葉が信じられなかったのだろう。

「な……アーサー様、なんで!?　私は……」

「俺を散々利用しようとした……だろ？」

ゴーヨクに最後まで言わせずにアーサーは冷たく言い放つ。すると彼は一瞬顔を歪め、即座に逃げ出そうとする。

まずい、外にはケイがいる。人質にされたら大変だとアーサーが慌ててゴーヨクを捕まえようとした時だった。

「氷の蔓《つる》よ、咎人《とがびと》を捕らえよ」

冷たい声色と共に魔法が放たれて、扉の周囲に氷の蔓が生まれ、ゴーヨクを拘束すると彼の体が凍っていく。

「あ……あ……」

さすがに命までは奪っていないだろうが苦悶《くもん》の表情を浮かべて凍り付いたゴーヨクを軽くとんとんと叩《たた》きながら、モルガンはうっすら笑ってそんなことを言いやがったのだ。

「まったく……醜い氷像ね」

こええ……!!

そして、凍り付いたゴーヨクをモルガンの部下が慣れた感じで運んでいき二人っきりになる。すると彼女は先ほどとは違ういつものくだけた口調でこう言った。

「それで……なんの用なの？　あなたがここに来るなんてはじめてじゃないかしら、アーサー」

そりゃあ、前の人生ではなるべく関わらないことにしていたのだから当たり前である。

こいつに頼れば嫌味を言われるのはわかっていたからな。別に逃げていたわけではない。俺はモルガンがこわいわけではないし、二回目の俺ならば口でも負けはしない。そう……彼女を口で言い負かすのが申し訳ないから避けていただけである。

と脳内で言い訳をして小物っぷりを発揮するアーサー。そして、彼女を見つめながら要件を伝える。

「俺でも誰かの役に立ちたいと思ってさ……そのために力を貸してもらおうと思ってな」

「へぇー、あなたがそんなことを言うなんてね。ようやく、私の言うことを聞く気になってくれたのかしら？」

彼女はふっと冷笑を浮かべた。そしてそれを見て、ああ、こいつのこの態度は懐かしいなと彼は思う。

今は婚約者でなくただの幼馴染である彼女は、大貴族の令嬢であり、父の死と共にこのアヴァロンの長となったのだ。しかし、きつい物言いに加え、融通が利かないところもあるため、他の貴族にどんどん疎ましく思われて閑職に追いやられていくのだ。

だけど……こいつの言う事はいつも正しかったんだよな。

話をロクに聞かないアーサーにいつも幼馴染として、婚約者となってはより口うるさく忠告してくれていたのだ。ある時は『あなたねぇ……王族なのに自分の身に着けているものの金額もわからないの？　それを節約するだけでなん人の民衆が貧困から助かると思うのよ』と注意をしてくれた。彼は領民が飢えていると聞いて『パンがなければケーキを食べればいい』と言ったときも、『あなたねぇ……パンもケーキも小麦粉でできてるのよ。あなたの頭にはクリームでもつまっているのかしら？』と助言を……。

いや、やっぱり口が悪すぎてムカつくな、この女!!　感謝の気持ちよりも怒りが勝ったアーサーはなんとか彼女を言い負かしてやりたくなる。

そして、こいつは一つ勘違いしている。おまえの言うことを俺が聞くじゃない。お前が俺の言うことを聞くんだよ！

「気まぐれかもしれないけど、その心がけはいいことだと思うわ。でもあなたのことだからどうせ、怪我人や病人を片っ端から治せば良いとか思っているんじゃないの？」

どこか試すような彼女の言葉にアーサーはにやりと笑って言った。

「何を言っているんだモルガン。俺の力は、安易に使えば安く見られるし、依存もされる。そして、最終的には俺を利用しようとするものに良いように使われるだろう。何よりもその力には回数制限があるんだ。無駄うちなんてできないさ。俺は特別な人間にしかこの力を使わないさ」

「な……そこまで考えて……」

彼がどや顔でかつてモルガンに言われた言葉を言うと信じられないとばかりに彼女は目を見開くのだった。

そして、彼はかつてモルガンに言われた言葉をまるで自分が思いついたかのように続ける。

「そんな治癒能力よりも、俺の第二皇子としての権力を使った方がよいだろう?」

「それは……」

さらに驚くモルガンを見て、アーサーはキメ顔をするのだった。実にうざい。

6話 モルガンとアーサー

MORGAN AND ARTHUR

驚愕の声を上げているモルガンを見て器の小さいアーサーは無茶苦茶調子に乗っていた。前回ではいつも自分のことを馬鹿皇子などと言っていた彼女が驚くのを見ているとなんとも心地が好《よ》い。そう、アーサーはとっても器が小さい男なのである。

「……ちょっとは考えているようね。では、治癒能力を使わないであなたにできることはなんだと思うの？」

「そうだな……俺は第二皇子な上に治癒能力持ちだ。わざわざ俺が何かしなくても、俺の関心が欲しいために媚を売ってくる貴族たちを利用するとか色々とあるだろう？　例えばそいつらがじゃぶじゃぶと使っている無駄金を、民衆のために使わせるんだ。悲しいことにこの国には様々な問題があるからな。俺がそれらの問題に興味があるように思わせて、遠回しに援助を求めれば誰かしら協力してくれるやつはいるだろう」

アーサーの言葉に彼女の先ほどまでの冷たい視線が徐々に熱を帯びていく。

「ふぅん……では、アーサー皇子。今、王国が抱えている問題というのはどういうものかわかるかしら？」

彼女が彼をアーサー皇子と呼んだのは初対面以来だったろう。そして、彼女の目にわずかに尊敬の念が宿ったのを彼は見逃さなかった。

やっべえ、すげえ気持ちいい!!

かつて自分をずっと馬鹿にしてきた彼女の敬意に満ちた瞳に気を良くした彼はついついしゃべり続ける。

「あたりまえだろう。数を上げればきりはないが……最も大きなものは民衆と貴族との格差の問題。騎士による特権の大きさの問題、そして、小麦のみに頼っている食料問題などもあるな。そして……治療魔法の一部の独占だな……そして、それを解決するためには……」

もちろん、これはアーサーが考えた意見ではない。かつてのモルガンがこの国を良くしようと彼やほかの貴族たちに訴えていた意見である。

「あなた、そこまで見ていたっていうの？　私よりも具体的じゃないの……」

モルガンが感嘆の吐息を漏らすが別に驚くことではない。記憶の片隅にあったモルガンのアドバイスを基《もと》に、散々『善行ノート』を読み込んでこれからおきるであろう未来を知っているアーサーは、より具体的にそれっぽく言っているだけである。

そう、これはカンニングである。言うなればテスト問題と解答を片手に、ここがテストに出ますよと言っているようなインチキである。そして、それは、今のブリテンでは普通の人間に話しても、そんなわけはないと一蹴されるようなものだった。

「なるほど……だから、あなたは民衆と貴族との格差の問題を解決する一歩として、平民を専属メイドにしたっていうことなのね……そして、私の元に来たのは改革の一歩を踏み出す準備がととのったということかしら」

何やらぶつぶつと勝手に話を進めて納得するモルガン。彼女は天才だった。だからこそ、アーサーが言っていた問題がおきることを薄々だが、予見しており、より具体的な意見を持つ彼に驚愕をすると共に敬意を抱くのは当然のことだったのだ。

「普段貴族の言いなりになっているふりをしていたのは油断させるつもりだったのね……これまでの無礼をお許しください。アーサー皇子……私は自分だけがこの国の未来を憂いているなんてうぬぼれていたみたいね……」

モルガンがこれまでの態度が嘘のように敬意に満ちた目で見つめ、アーサーに頭を下げるのを見て、彼は何かいけない性癖に目覚めそうになる。だって、これまでこちらを馬鹿にしていた彼女がこんなに自分を尊敬に満ちた目で見ているのだ。気持ち良すぎる。

ケイが扉の外にいなければ「ふははは、俺にひざまずくがよい!!」と大声で言っちゃうくらい調子に乗っていた。だけど、それも彼女が次の言葉を発するまでだった。

「あなたの考えはわかったわ。だけど、あなたは第二皇子であり治癒能力を持っているから、将来的にどうなるかはわからないけど、今は王位継承者にすぎないし、独断で改革を進めるだけの権力はないと思うわ。それだけの権力を得るには貴族や民衆から注目を集め、発言力を高めることが必要だとわかっているのでしょう？　だから、私に本心を打ち明けて、私の……『アヴァロン』の情報網と人手を使って、誰かを助けて協力者を増やしていき権力を高めていこうということね」

「……??」

アーサーの意図を得たとばかりにモルガンはにやりと笑う。アーサーからしたら何笑ってんだという感じだが、ようやく理解者を得たと勘違いしている彼女の言葉は止まらない。

「あなたが言った未来における問題を解決するための発言力を得るためにやるべきこと……私もいくつかは、考え付くけど、あなたの意見を教えて。アーサー皇子はどのようなことをして、発言力を高めるつもりなのかしら？　私もできる限りの協力はするわよ」

初めて見る彼女の自分を尊敬するような微笑と仲間を得たという嬉しさに満ちた柔らかい感情に彼女は言葉を失う。

やっべぇぇぇぇ、そうだぁぁぁぁぁ!!

彼女が前の人生で語り、なんとかできるように考えろと言ったことはアーサーが後継者争いに勝ってからの話である。

今の彼はただの第二皇子であり、王位継承権こそあるものの後継者として確定したわけではないので、何かを思いついても実行に移せるだけの影響力はないのである。

もちろん、アーサーはモルガンにどや顔をしたいだけで、細かい事は考えていなかった。そもそも彼が動いたのも善行ポイントを稼いで助かりたいだけであり、ブリテンの未来なんて考えていなかったのだ。そんな彼に意見なんてあるはずもない。

このまま実はなんも考えていませんでした――!!　と土下座すればゆるしてもらえないだろうか？

「……どうしたのかしら？」

何も言わない彼にモルガンの瞳には一瞬うたがわしさの色が映る。『実は未来のモルガンの意見をパクりましたーてへへ、ぺろ』とか言ったらどうなるだろうか？　馬鹿にしているのかとぶちぎれられそうである。

こいつ怒ると怖いんだよなぁ……。

以前なぜかこれ見よがしに『拷問百科』という本を読んでいるのを見せてきたのを思い出して全身を寒気が襲う。

それにだ……こいつは昔から俺に王族らしくあれと訴えてきた。

そして、こいつだけだったのだ。国が傾いてもアーサーと共にこのブリテンを復興させようとしていたのは……婚約者ではあったけど、自分と彼女の間に愛情はなかったと思う。だけど、モルガンだけがアーサーを常に叱咤《しった》激励し、とある事情で婚約破棄をさせられた後も貴族として最後まで彼の元にいてくれたのだ。

あの日々は正直地獄だった。それまでこちらにこびへつらっていた人間が冷たくしてくることがなん度もあった。こっちの話なんてはなから聞く気などなく、馬鹿にしてくるだけのやつらがたくさんいた。

お前はこんな状況でもずっと頑張っていたんだよな……。

だからだろう自己満足かもしれないが今ここで彼女を失望させたくないと思ったのだ。だから、アーサーは考える。彼女はかつて自分にどうしろと言っていた？

「孤児院……」

それは彼女がいつの日か言っていた言葉だった。孤児院をどうにかしろと言っていた気がする……どうだっけな……アーサーが必死に頭を回転させていると彼女は目を輝かせたのだ。

「なるほど、確かにあの孤児院の活性化は有用ね!!　さすがよ、アーサー皇子、早速手配するわ」

「ああ……頼むぞ。ありがとう」

ついぽつりと言った言葉に満面の笑みを浮かべるモルガンにアーサーは冷や汗をかきまくって脳内クエスチョン状態なのを隠して笑顔をうかべると、なぜか、彼女はもじもじとして迷った末に口を開いた。

「いえ、こっちこそ、あなたのおかげで助かったわ。アヴァロンを継いだばかりの私には、情報網と、人手はあるけど、要求を通すだけの権力がなくて途方にくれていたんですもの。これで……あなたが権力を得ることができればこの国をかえることができるはずよ。それと……」

彼女は言葉を一度きって、唇をゆがめた。

「さっきはゴーヨクよりも私を信じてくれてありがとう。嬉しかったわ」

そう言うとなぜかモルガンは顔を赤らめるのだった。なにこれこわいんだけど……などと失礼なことを思うアーサーだった。

モルガンはアーサーの言葉に感動していた。正直幼馴染であり付き合いも長いが、彼の評価は世間知らずの皇子というだけで決して高くはなかった。

ブリテンには問題が山積みだというのに、第二皇子という圧倒的な権力を持ちながら貴族にいいように使われて、我儘ばかりの彼の在り方は彼女からしたら尊敬する対象ではなかったのだ。

「だけど本当は違ったのね……」

彼はひたすら牙を研いでいたのだ。誰にも警戒をされないように貴族たちの言う事を聞いて油断させ、いつの日か、その知略を使ってこの国を救うために色々と調べていたのだろう。

実はモルガンはメイドが絡まれている時のアーサーとゴーヨクのやり取りを一部始終見ていた。家政婦は見たならぬモルガンは見ていたである。

彼女は貴族が権力を笠に着るのを嫌悪していた。彼女のモットーはノブレスオブリージュ、権力が高い人間ほど、その義務として努力すべきだと思っている。

だから、ゴーヨクがメイドに何か文句を言っているのを見て助けようと思ったのだ。アーサーもやってきたようだが、彼女は気にも留めていなかった。

なぜなら、これまでの彼だったら興味なさそうにスルーするか、ゴーヨクの言いなりになると思っていたからある。

だけど、彼は予想外の行動を取ったのだ。

「そのことならば俺が悪いんだ。すまなかったな。だから、お前も怒りを収めてはくれないか？」

そう、メイドの……しかも、平民のために頭を下げたのである。それは貴族と平民の格差の大きいブリテンではありえないことだった。

貴族が何かしでかしても、相手が平民や格下の身分の場合は怒鳴り散らすのが当たり前だったからである。

そして、驚くことはそれだけではなかった。

「ちょうどいい……最近モルガンのやつから小言を言われてな。皇子たるもの多少は仕事しろとのことなんだ。俺の財産の帳簿を持ってきてくれないか？」

あの常に言いなりだったアーサーがゴーヨクに意見したのである。しかも、わざわざモルガンの名前を言ってだ。これで彼女はピンときた。

おそらくアーサーは私が見ていることに気づいていたのだろう。そして、暗に私に動けと言ったのだ。

まかせておきなさい。

モルガンはこちらの意図が伝わるように微笑んで行動に移る。彼女の笑顔を見て、アーサーがそそくさと行ってしまったのを疑問に思ったが、彼女は即座に動きゴーヨクの不正の証拠をつかむことに成功したのだった。

そして、彼は絶妙なタイミングでモルガンの元に訪れたのだ。しかも、ゴーヨクを断罪する手伝いまでしてくれた。

これが……彼が本格的に動き出すという合図だったのだろう。

そして、アーサーと話し合い、それは確信へと至る。彼の指摘した問題はモルガンも薄々感じていた。だけど、彼の言葉ほど具体的ではなかったし、どうすればいいかもわからなかったのだ。

しかし、彼は約束をしてくれた。自分の権力と発言力を高めて行動すると言ってくれたのだ。

「私の方がずっと愚かで子供だったわね……」

モルガンは自分の口が悪いという事を知っている。そして、それが反感を抱く要因となっていることも……それは幼くして父の跡を継いだため、舐められないようにするためのたちまわりなのだが、反感は免れない。

それにアヴァロンを継いだばかりの彼女には強力な後ろ盾がなく、何か新しいことをしようとしても、他の貴族に妨害されることは目に見えていた。アーサーがわざわざ顔を出して、味方になってくれたという事実が大きい。

これまで、自らを貴族の言いなりになる無能と演じていたくらい頭の回る彼のことだ。ゴーヨクが自分の元へ抗議をしに来ることも予想していて、タイミングを見計らっていたのだろう。

「あなたは私を手に取るに値すると認めてくれたのね……」

すでにいないアーサーが座っていた椅子を、彼女はうっとりと見つめる。ずっと一人で戦う事になると思っていた。だけど、味方は近くにいたのだ。それが本当に嬉しい。

そして、彼の存在もあの孤児院を救えば一気に注目されるようになるだろう。だって、あそこは彼にとって特別な孤児院なのだから……。

7話 アーサーと孤児院

ARTHUR AND THE ORPHANAGE

前の人生でアーサー＝ペンドラゴンという男は冷酷な男だと民衆に言われていた。王族という民衆とはあまり接する機会がない立場でありながら、そう言われるようになったのはとある事件がきっかけだった。

「今日もありがとうございます。アーサー様、あなたさまのおかげで、伯爵の命は助かりましたぞ」

「ふん、あの程度の病、俺の力の前ではないも同じだ」

「いやいや、あの病は聖女すらも匙《さじ》を投げたのです。さすがはアーサー様でございます」

その日もアーサーはゴーヨクから依頼されて、治療を終えた帰りだった。彼のおべっかにまんざらでもない笑みを浮かべながら馬車に乗ろうとした時だった。

「アーサー様!! あなた様はどんな傷でも治せると聞きました。私の息子の病を治してください!! この子はまだ五歳なのに痛みに苦しんでいるんです!!」

「うう……」

みすぼらしい服を身にまとった女が泣いている子供を抱えながら彼の前に駆け出してきたのだ。

無礼な態度にアーサーは眉をひそめるも、女の必死な表情にどうでもいいが助けてやるかと治癒能力を使おうとした時だった。

「貴様、アーサー様に失礼であろう!!　だいたいこの御方の力は平民ごときに使われるものでは無いんだ。お前ら、この女を捕らえろ!!」

「おい……俺は別に……」

「アーサー様、ご自分の力をご自覚ください。あなたは特別なのです。特別な力は特別な人間にのみ使われるべきなんです」

「むぅー、そういうものか……」

アーサーは怪訝な顔をしながらも、ゴーヨクの言う事に従う。ゴーヨクはアーサーが幼い時からの付き合いであり、世間知らずな彼は、納得してしまったのだ。

それにこういうことは初めてではなかった。

なにかを叫んでいる女を見て、不思議と胸がざわつくのを無視しながら馬車に乗ろうとしたときだった。

「なにが聖王の生まれ変わりだ!!　貴族しか治療しない権力の犬め!!」

その言葉と共に一人の男が大声をあげて、アーサーに向けてボウガンを放つ。慌てて護衛の騎士たちが取り押さえるがもう遅かった。その矢はアーサーの隣にいるゴーヨクに向かって行き……。

「ひぃぃぃ!!」

「大丈夫か？　まったく……武器を他人に向けてはいけないということは俺だって知っているぞ」

悲鳴を上げるゴーヨクを庇《かば》って広げたアーサーの手にささるが、彼は表情を一切変えないでその矢を引き抜いた。すると、不思議な事にその手のひらには傷一つない。

矢を抜いたと同時に即座に再生したのである。

「アーサー様ありがとうございます。さすがですな……」

「別に気にするような事ではない。お前らは傷を負うと痛いんだろう？」

何事もないようにして、馬車に乗ったアーサーに民衆の不気味なものを見るような目が集中する。そう、アーサー＝ペンドラゴンは圧倒的な治癒能力を持って生まれ、しかも、自分は即座に傷や病が治るのだ。その上、痛覚というものがないのである。

痛みとは危険信号である。怪我も病も危険ではない彼には、痛覚がないのだ。彼が痛みを感じるとしたら、それはその強力な魔力を封じられたときだけであろう。

騒動もおちついて、走る馬車の中でアーサーはふと気になったことを貴族に問う。

「あの男はどうなるんだ？」

「そうですな、未来の王を傷つけたのです。もちろん、処罰をあたえますぞ」

「そうか……まあ、たいしたことなかったのだ、大ごとにしなくていいからな」

「はっ!!　少し痛い目にあってもらうだけですよ」

「痛い目か……そうか、ならいいな」

先ほど説明した体質の通り、アーサーに痛みはわからない、だけど、昔乳母が転んで泣いていた兄に「痛いの痛いのとんでいけ」と言っていたのは覚えている。

簡単に飛ぶくらいならば大したことではないだろう。アーサーはそう思って許可をするのだった。

後日アーサーを襲った男が全身傷だらけの状態で発見され、アーサーは冷酷な男だという噂が広がり、革命のきっかけの一つになったのは別の話である。


「うおおおお、すげええ!!　人がいっぱいだぁ。初めて歩いてみたけど、城下町なだけあって結構活気があるな」

孤児院に向かうためにアーサーとケイは城下町を歩いていた。ずっと城で生活をし、移動も馬車だった彼にとってこの光景はとても新鮮にうつる。

そして、それは彼が人生をやり直していることも関係している。以前の彼は他人に興味もなかったが、一度地獄を味わって……ケイの優しさに触れたりなどして、他の人間に興味を持ち始めたこともあり、今の彼は様々な人が生きている光景が興味深いのだ。

きょろきょろとあたりを見回しているアーサーにケイが微笑ましそうに笑みを浮かべる。

「アーサー様、はしゃぎすぎですよ。城下町は初めてなんですよね。では、私が案内します。迷子にならないように手をつなぎましょう」

そう言ってケイがアーサーの手を取って歩く。完全なるお姉さんムーブである。そして、アーサーの方も、街を歩くのは初めてという事もあり、専属メイドと主人はこんな風に歩くのかとあっさり受け入れる。

なんだこれ……香水か？　甘い匂いと、温かい手に包まれると不思議なきもちになるな……。

などど、女性慣れしておらず、初めての体験とケイの手の柔らかい感触にちょっとドキドキはしているのだが……。

「なあ、ケイ。あれはなんだ？」

アーサーの指を差した方向には何やら香ばしい香りをあたりに充満させている吊《つ》るされた肉の塊らしきものをうっている屋台が目に入った。

「ああ、あれですか。露店ですよ。ああやって目の前で調理して作ってくれるんです」

「そんなものがあるのか、そう言えば聞いたことがあるな」

見慣れない光景に目を輝かせるアーサー。彼にとって料理というのは専属のシェフが作り、それが運ばれてくるのを待つだけだった。そして、牢獄に入った時はゴミみたいなものが、運ばれてくるくらいだったのである。

屋台で、目の前で作ってくれる料理を食べるのって不思議とすごく美味しいんですよ。

そう話してくれたのは前の人生にて、牢屋で彼の体をふいてくれていたケイだった。あの時いつか

食べてみたいと願ったものだ。

「食べてみたいな……」

「もう、ダメですよ。アーサー様は先ほどお昼を食べたばかりではないですか？　食べすぎは健康に悪いんです」

「えーでも、ちょっとだけなら……」

「ダメです。アーサー様のお体の事を思って言っているんです。そのかわり、今度こっそりと買ってきてあげますから」

「はーい」

お姉さんっぽく注意をするケイの言葉に素直に従って諦める。はたから見ると聞き分けの無い弟と、しっかり者の姉であり、彼らの関係が王族と専属メイドだとは誰も思わないであろう。

マリアンヌや他のメイドたちが見たら卒倒しかねない光景だが、ケイはちょっとした勘違いをしているし、ちゃんと注意をしてくれる相手が時々会う兄くらいしかいなかったアーサーも悪い気はしていないので問題はないようだ。

こんな風に意見を否定されるのはあんまりないが……悪くないな……。

モルガンの時は言い方にいらっとしたものだが、ケイの口調は柔らかいし、こちらのことを心配してくれているのがわかるので嫌な気はしない。

それに、自覚はなかったが、無意識に彼はこういう風に言ってくれる人を求めていたのかもしれない。甘えたがりの素質があったようだ。

しばらく歩くと、ほんのりと甘い香りが漂ってきた。

「あれは知っているぞ、クッキーってやつだろう」

話に聞いていた屋台を見たアーサーはテンションがあがり、次の屋台を指さした。そこにはすごく美味しそうなクッキーが並べられており、子供たちが嬉しそうに物色している。

「うふふ、アーサー様は博識ですね。さすがに食べた事はないと思いますが、貴族の方々が食べるようなお菓子と違いクリームなどがないので甘さは物足りないもしれませんが、あれも中々美味しいんですよ」

「ああ、知っているよ」

そう、アーサーは知っている。前の人生で牢獄につながれた時に『私の好物なんです。いつか、これをお腹《なか》いっぱいに食べるのが夢なんですよね。お口に合うかはわかりませんが、よかったらどうぞ』と彼女がこっそりとくれたのだ。それは王族である彼が口にしていたお菓子と比べてずっと質素な味だった。だけど、革命が終わったばかりで、彼女も裕福ではないだろうに、彼女がアーサーのためにくれたそれはとても美味しかったという事を覚えている。

彼は屋台に近付いて、クッキーを見つめると、傍に控えている彼女に金貨を渡す。

「これで好きなだけ買うといい、ケイはクッキーが好きなんだろ？」

「アーサー様、渡しすぎです。これではお店のものが全部買えちゃいますよ!!」

いきなり、大金を渡されてケイが慌てる。これは彼女の一か月分の給料である。確かにクッキーはぜいたく品ではあるが、あくまで平民にとってである。これだけの金額があれば比喩でなく、屋台にあるクッキーを買い占めてしまえるだろう。

「日持ちするんだろう？　よかったらこれにあう紅茶をいれてくれ、あとで一緒に食べよう。それとケイの家族や他の人にくばってもいいぞ」

「アーサー様も召し上がるのですか……これはその……貴族の方の口には合わないかもしれませんが……」

慌てて断ろうとするが、アーサーが善意で言ってくれていることと、彼が興味を持っている事に意外性を感じてどう答えようか悩む。

「そんなことはないさ。実は以前食べて美味しかったんだよ。それにケイの好物を知りたいんだ。ダメかな？」

アーサーが少し恥ずかしそうにはにかみながらそう言うと、ケイは一瞬驚いたように目を見開いた後ににこりと笑った。

その様子が可愛らしくて、ケイの母性本能がくすぐられたのは秘密である。

「わかりました。では、お言葉に甘えて買いましょう。ただ、金貨全部だと、持ち運ぶのも大変なので半分くらいにしますね」

彼のちょっと不器用な優しさを感じたケイは店主からクッキーを買うために声をかけた。思ったよりも量が多く、持ち運ぶときに後悔したのはここだけの話である。


市場を楽しんだ後、ようやく目的地へとついた。アーサーはクッキーを持つのを手伝うか？　とケイに聞いたが『それは専属メイドの仕事ですよ』とさすがに断られてしまった。

「アーサー様、こんなところにいらっしゃるなんてどうされたのですか？」

「ああ、気にするな。ちょっと様子を見てみようと思ってな」

事前にモルガンが話を通しておいてくれたはずだが、半信半疑だったようで、アーサーの訪問に孤児院の神父が慌てた様子で出迎えてくる。

なんの用かって？　俺も聞きたいですとは言えないアーサーである。

実際のところはなんかモルガンが勝手に納得して勝手に孤児院に行くことになったのだから聞かれても困るというのが本音である。

「すごい……ここの孤児院は『アーサー孤児院』っていうんですね。アーサー様の名前と一緒なんて素敵です」

「そうなのです、ここはアーサー様の生誕を記念して作られたのですよ。だからといって、あのアーサー様が本当にいらっしゃると聞いた時は感動のあまり泣きそうで……ありがとうございます」

そう言う神父はアーサーを見て本当にその目に涙をためている。よっぽど嬉しかったのだろう。だが、それも無理はない。

本当の性根こそあれだが、彼の治癒能力の高さは教会関係者の中でも有名であり、このように神格化してみている関係者も多いのだ。

そして、アーサーはというと……。

そんな孤児院あったのか……？

全くもって初耳である。いや、本当は初耳ではなかったのだろうが、興味ないと聞き流していたのだ。そして、彼はただ自分が顔を出すだけで、こんなに喜んでもらえることに困惑をしていた。

「何を言っている。俺とて、自分の名前が付けられている孤児院なのだ、興味がないはずがなかろう。これからも頼むぞ」

「はい、ありがたきお言葉、ありがとうございます!!」

「うふふ、アーサー様すごいです!!」

知ったかぶりだというのに、今にも感動で泣き出しそうな神父と、その様子を見て、尊敬の念を込めた視線をケイに向けられてアーサーは嬉しさのあまりニヤニヤとしてしまいそうなのを必死にこらえる。

なんだこれ、ただ来ただけでこんなに感謝されるものなのか？　俺ってすごくない？　ただ、存在するだけで善行ポイントたまりまくるんじゃないか？

と、非常にご機嫌であった。そりゃあ、彼とて感謝をされたことがないわけではない。だけど、治癒魔法を使わずに、こんなに喜ばれたのははじめてだったのだ。

「こういうのも悪くないな……ごはぁ」

そんなことを思いながら扉を開けた瞬間だった。顔面にすさまじい衝撃を感じたとともに嫌な音が響く。

「アーサー様!!　大丈夫ですか？」

「こら、誰だ。バケツを投げたのは!?　アーサー様お許しを……」

ふらついたアーサーに心配そうにケイが寄り添い、神父が顔を真っ青にして子供たちを叱りつける。なにせ、相手は第二皇子である。最悪、孤児院の取り潰しすら考えられるし、子供が処刑されることだってありえるのだ。

子供たちも見慣れない立派な服を着た人間にバケツをぶつけてまずいことをしたとわかっているのか、震えている。

「ふふ、まったく子供たちは元気だなぁ」

だが、みんなの予想に反してアーサーは何事もなかったかのように笑顔を浮かべていた。これは別に彼が突然温厚になったというわけではない。普段の彼だったら『ふざけんなクソガキ!!』とぶちぎれていただろう。

だが、今の彼はモルガンに尊敬の目で見られた上に、神父にも来ただけで喜ばれてちょっと嬉しかったのだ。そして、極めつきはこっそりと胸元に潜ませている『善行ノート』にある。

それは昨晩のことだった。モルガンのところから戻った彼が机の上に見たのは光り輝く『善行ノート』だったのである。そして、そこには【？？？】とあった部分に【**孤児院の問題を解決せよ**】と青い文字で書いてあったのだ。

つまり……この孤児院でおきている問題を解決することができれば、彼はギロチンフラグから逃れることができるのである。

そうとわかっていれば笑顔も浮かんでくるものだ。きわめて自己中心的な笑みを浮かべながら彼は申し訳なさそうにしている子供たちに言う。

「みんな知っているか？　バケツはな。ぶつかると痛いんだぞ。遊ぶのはいいけど気を付けような」

「「はーい」」

「アーサー様……なんてお優しい……」

「まさに聖人じゃ……儂《わし》はこの孤児院で働けて幸せに思いますぞ……」

ケイが感嘆の声を、神父がアーサーの偽りの器の大きさに感動して涙を浮かべる。かつてのアーサーを知るものがいれば……例えばモルガンあたりが一緒に行動していれば、さすがにぶちぎれないのはおかしいと思うところだが、幸いにもケイはまだ、彼と接した回数がすくなく、神父はわざわざ孤児院に足を運んでくれる慈悲深い王族というフィルターがかかっているため、素直に感動していた。実に節穴である。

そして、素直に返事をする子供たちに気をよくしたアーサーは言葉を続ける。

「それとちゃんと勉強をするんだぞ。そうすればきっと立派な人間になれるからな」

もちろん、これも彼の言葉ではない。幼少の時にろくに勉強をしなかった彼にモルガンが注意した時の言葉である。自分ができないことを他人には躊躇《ちゅうちょ》なく言える男アーサーである。

「……そんなことをしても死んじゃったら無駄だろ。大体誰に習えっていうんだよ。ここにはろくに勉強を教えてくれる人だっていないんだ」

「こら、イース!!」

「だって……こいつ、いきなり来て偉そうな事を言って……勉強したくてもずっと痛みで苦しんでいる人間だっているのに……」

一人の少年が声を上げる。彼から見れば大人であるアーサーにも一切ひるまずに睨みつけてくる様子にただならぬものを感じ、守るようにケイがアーサーとの間に入ろうとしたが、彼はイースと呼ばれた少年の方に足を進めた。

一瞬びくっとするイース。だけど、アーサーの言葉は予想外のものだった。

「痛みで苦しんでいるか……、そいつの元に連れていけ。治療しよう」

「アーサー様、まさか、私の時と同じように……」

「そんな!? あなた様の貴重な奇跡を私たち平民に使うなんて恐れ多すぎます!!」

慌てふためくケイと神父だったがアーサーは気にしない。彼は元々我儘な皇子なのである。

「だってさ、痛いのは痛いんだ。ましてやずっとなんて辛いに決まっている」

かつての彼だったら気にもしなかっただろう。だけど、彼は……アーサー＝ペンドラゴンはもう痛みを知っている。ましてや、苦しんでいるのはおそらく自分よりも年下の人間なのだ。

牢獄での苦痛を思い出して、アーサーは苦いものを噛《か》んだように顔をしかめるのだった。


その少年はベッドに横たわりながら何かを書いていた。頬はこけており、どこかはかない感じがする彼の手の届く範囲にあるサイドテーブルには様々な分野の本が積み上げられていた。

アーサーたちがやってくると少年は何かを書いていた手を止めて彼らに向き合う。

「神父様……この人たちは……？」

「ああ、ベディよ。この方はお前のことを治療しにきてくださったんだよ」

「そうなんですか……ですが、お断りします。お気持ちはありがたいのですが、この孤児院は裕福ではないのです。だから、治りもしない僕の治療のためにこれ以上お金を無駄にするわけにはいかないんです」

ベディと呼ばれた少年は本当に申し訳なさそうに頭を下げる。その態度と、礼儀正しい態度からは確かな知性を感じる。そして、彼の言葉を聞いていくうちに一つ疑問が浮かぶ。

「なあ、ケイよ。治療って結構な額のお金をとるのか？」

「はい、そうですね。奇跡の対価を寄付金という形でいただくのが一般的です。ただ、なかなか高額なのでお金持ちの商人や貴族の方くらいしか腕の良い人には頼めないんです。安い方は腕もそれなりで一時的に良くはなっても痛みが再発する可能性が高いとか……」

「なるほどな……」

ケイの解説にアーサーは納得する。マリアンヌとの会話からゴーヨクなどの取り巻き貴族たちがかなりの治療費を要求していたことは聞いていたが、他の治癒を使える連中も同様らしい。

これがモルガンの言っていた『治癒魔法の独占』か……彼女の『あなたは何も知らないのね』という馬鹿にした言葉を思い出してイラっとする。

だが、今はそんなことはどうでもいいな。

「それよりもだ。なんでお前は俺が治せないって思ったんだ?」

「それは……その……僕のこの病はただの病ではなく、魔物に襲われたときに毒が入ったのが原因らしくて……治療をしてもすぐに再発しちゃうんです。だから……」

そう言うとベディは肘から先のない左腕を掲げる。この世界には様々な魔物がいる。おそらく、左腕を噛まれて毒に侵されてしまい、全身に移る前に、仕方なく切断したのだろう。それでも、すでに毒は体に回っており、むしばんでいるということか……。

普段は世間知らずだが、治療に関しては経験豊富なためアーサーは状況を即座に見抜く。

「以前も治療していた者が言っていたのですが、体内全体を毒がむしばんでいるため、一気に治療をするのは困難だと……」

ベディの言葉を補足するように神父が説明をする。

「読み通りだな。病の再発か……だが、それは単にそいつの腕が悪いだけだな。俺をなめるな。俺はすべてをヒールするぞ。それが体内の奥にある毒の根源であろうがなぁ!!」

「あっ……」

アーサーは世間知らずで、少し我儘なところがある少年だ。そんな彼だが、一つだけ絶対の自信を持っているものがある。それは治癒能力である。彼が彼として生きてきた中で最も重要視され、誇りに思っていた能力なのだから当たり前だろう。

プライドを傷つけられたアーサーは有無を言わさず、少年の体に触れようとしたが彼は必死に体を動かして避《よ》ける。

「いいんです。治りもしない治療なんかにお金を使うよりも、僕はみんなが美味しいものを食べてくれた方が嬉しいですから」

彼のベッドの上に広げてある本は様々な分野の本だった。そして、自分なりにまとめていたのだろう。ノートにはきれいな文字で色々と書き込まれていて……。

それを見てアーサーは彼を動揺させるために煽《あお》る。

「じゃあ、それはなんなんだ？　なぜ、勉強なんかしているんだ？　体が治ったときのために勉強をしているんじゃないのか？」

「それは……」

アーサーは生まれてこの方勉強をしようなんて思ったことはないし、目の前のベディの気持ちなんてわからない。だけど、難しいだろうになん個も付箋が貼られており、なん度も書き直したノートを見て何も感じないほど愚かではない。

「あっ……」

ベディが動揺した隙に、問答無用とばかりに治癒魔法を発動させる。まばゆい輝きと共に、彼の体内にある病を浄化していく。

ああ、確かにこいつは厄介だな……だが、俺の敵ではない。

必死に抵抗する病魔に対してさらに力を強めていく。本来このレベルの毒の場合は治療に定期的に通って徐々に治療をする必要がある。それは単純に治療魔法の使い手に、一気に病を治し切るだけの力がないからだ。これまで彼を治療してきた人間もそうだったのだろう。そして、この孤児院には頻繁に治療をするだけの金がなく、中途半端な治療になってしまっていたのだ。

だが、何事にも例外がある。それがこの世界でも五本の指に入るほどの治癒魔法の使い手であるアーサー＝ペンドラゴンであり、貴族たちが都合よく使おうと余計なことを考えさせまいとしていた彼の能力なのである。

「え……体が軽くなっていく……」

「それだけじゃない。俺は言ったはずだ。すべてを治すと」

アーサーが得意げに笑い、彼の失われたはずの左腕を偉そうに顎《あご》でしめす。

「え？　僕の腕が……切ったはずの腕が生えている!?　それに動ける、動けるよ!?　体が軽いよ!!」

「おお、奇跡じゃ。アーサー様の奇跡じゃ!!」

「これが……アーサー様の力……」

喜ぶ二人を見てアーサーはふふんとばかりにどや顔でほくそ笑む。およそ治療に関してだけは、彼は自信とプライドを持っているのである。

最初から欠落してでもない限り、彼に治せないものはない。それこそ古傷であってもだ。

「さすがです。アーサー様、むやみに治療はしないとモルガン様とお話をしていましたが、やはり苦しんでいる人は放っておけませんもんね」

「あ……」

ケイのふと思い出したような言葉に一気に真っ青になるアーサー。だけど、彼は我慢できなかったのだ。自分の能力が侮《あなど》られることが……そして、何よりもこんな小さな子供が痛みにずっと耐えていることが……痛みを知らない時ならばともかく、痛みを知った今の彼には我慢ならなかったのである。

「ふふふ、アーサー様はお優しいのですね。ご安心ください。モルガン様に怒られるときは一緒に怒られましょう」

「ケイ……ありがとう」

彼女の優しい言葉に感謝しながら、モルガンに文句を言われたら、自分の名前のついている孤児院の病人を治さないのは自分の沽券《こけん》にかかわるのだと、こんなところに俺を派遣したお前が悪いのだと、なんとか言い訳を考えておく。

貴族は名誉を大事にする生き物だから説得力もあるだろうと必死に言い聞かせるアーサーだった。

「ありがとうございます。先ほどは失礼なことを言ったのに……治療していただいて……」

「気にするな、それよりも友達に報告してやれ。きっと心配しているのだろう？」

「はい、みんなに報告してきます!!」

そして、少年が出ていくと神父が涙を流しながら感謝の言葉をアーサーに伝える。

「ありがとうございます。ここに来ていただけるだけでなく、治療までしていただけるなんて……本当にアーサー様は聖王様のようです」

「はっはっはー、それほどまでじゃないさ。ケイよ、ついでに子供たちにちょっとクッキーをわけてやれ」

「なるほど……そのためにクッキーをたくさん買ったんですね!!　さすがはアーサー様です。みんな喜ぶと思います!!」

ベディや神父に立て続けにほめられて気分を良くしたアーサーはいつもよりも太っ腹である。ちなみに聖王というのはこの国を作ったとされる歴史上の偉人であり、品行方正で理想の王とよばれている人物のことである。信仰の対象であり、神に仕える彼の口から出るとおべっかではなく本音ということを意味する。そんな風にほめられて良い気分にならないはずがなかった。

嬉しそうに部屋を出ていく少年と神父を見つめていたアーサーだが慌てたようにケイに言う。

「あ、俺たちが食べる分はとっておいてくれよ」

「うふふ、もちろんです」

すこし情けない言葉に、ケイは微笑ましいものを見るようにクスリと笑った。少し気恥ずかしさを感じながらも自分の感情が高揚している事に気づくアーサー。

ベディの笑顔を見た時にお礼を言われて本当に嬉しかったのだ。こんな風に治療をしたことはこれまでなん度もあった。こんな風に感謝をされたこともあった。

だけど……こんな風に自分の胸が温かくなるのははじめてだった。

「どうされましたか、アーサー様」

彼の様子がおかしい事に気づいたのか、ケイが心配そうな顔で訊ねてくる。

「ん……ああ、それがだな……さっきの子供の笑顔を見たら俺も嬉しいって思ったんだ。こんな風に治療したのはなん度もあるのに、こんな気持ちになったのはあんまりなくてさ……」

「なるほど……」

マリアンヌの時もそうだった。ただ治療して感謝されるだけなのに、嬉しくなることに困惑しているアーサーの言葉に一瞬考え込んだケイだったが、彼に優しく言い聞かせるように口を開いた。

「これまでのアーサー様は誰かに治療をするときは、他の方にお願いをされていたのではないでしょうか？」

「ああ……そうだな。確かに貴族から頼まれる事ばかりだったな……」

「だからですよ。今回アーサー様はご自分の意志であの少年を治療されました。だから、感謝の気持ちも誰かへのじゃない。アーサー様へのものだという実感が湧いたのではないでしょうか」

「そういう事だったのか……」

ケイの言う通りだった。前の人生では取り巻きの貴族の指示通りに治癒をしただけであり、自分の意志で誰かを治療した事なんてなかった。

「そうか……誰かを助けると、助けた方も幸せな気持ちになれるんだな……」

「アーサー様……」

初めて知った衝撃の事実に思わず言葉を漏らすと、アーサーは柔らかい感触と甘い匂いに包まれる。

ケイが彼を抱きしめたのである。

「うおおお、ケイ……?」

「そうなんですよ。だから、人は助け合うんです。これからいろいろと学んでいきましょうね……」

驚く彼を抱きしめながら優しく頭を撫《な》でるケイ。アーサーはなぜ彼女の声が震えているのか、抱きしめるまえに悲痛な顔をしたのかわからない。

だけど、彼女に優しく包まれるのは嬉しかった。

元気になったベディを見た子供たちはクッキーが配られたことも加えて、みな楽しそうに騒いでいた。彼らをなだめるのには、神父だけではなくケイも手伝うくらいだった。

ケイはすごいな……。

ケイは彼らにも人気で、彼女にクッキーを食べさせてもらっている子までいたくらいである。心優しい専属メイドを誇らしげに見つめながら、胸元を確認するとまだ『善行ノート』が輝いていないことに気づいて眉をひそめる。つまり、まだ問題は解決していないのだ。ほかにも何か問題があるのだろうか？　そこで、先ほどの少年の言葉が思い出された。

『……そんなことをしても死んじゃったら無駄だろ。大体誰に習えっていうんだよ。ここにはろくに勉強を教えてくれる人だっていないんだ』

おそらく死んじゃうっていうのは先ほどの少年のことだろう。そして、勉強を教える人がいないというのは……。

先ほどの少年のベッドを見ると、教材はそろっているようだが……。

気になったアーサーは神父に声をかける。

「さっき、子供が教えてくれる人がいないって言っていたな。もしかして人を雇う金がないのか？」

「ああ、痛いところをつかれてしまいましたな……」

アーサーの言葉に神父は頬をかく。先ほどの様子からしてあまり裕福ではないようだ。それならばモルガンに相談してみるのもいいかもしれない。これは無駄遣いではないので多少なら融通がきくだろう。

「金が足りないのならなんとかするが……？」

「いえ、違うんです。お金の問題ではないのです。ここで働く資格があり、働きたい人間がいないんです」

「は……？」

まるで謎解きのような神父の言葉に頭を抱えることになるのだった。

8話

孤児院の問題

THE PROBLEM OF THE ORPHANAGE

「うう……こんなんどうすりゃいいんだよ……てか、こんなこと前回はなかったろ？」

孤児院から帰ってからアーサーはずっと頭を抱えていた。神父が求めている人材の条件がそれほど厳しかったのだ。

「アーサー様大丈夫ですか？　何かを悩んでいる時は甘いものを食べるとよいと聞きます。もし、よろしければこちらを召し上がってください」

「これはクッキーか。それにこれは……」

そう言って彼女が差し出したのは市場で買ったクッキーにジャムが添えられており、一緒に出された紅茶の香りがいつもと違うことに気づく。

「アーサー様がとても楽しみにしていたので、コックさんに聞いて、クッキーにあいそうなジャムと紅茶を選ばせていただきました。これならばより、お口に合うと思いますよ」

そう言って得意げに微笑む彼女と、前の人生でこんなものしかありませんがとクッキーのかけらをくれた彼女の笑顔がかぶって彼は思わず涙ぐみそうになる。

「ありがとう……よかったらケイも食べないか？」

「嬉しいです。ですが、仕事中にお菓子を食べてしまってよろしいのでしょうか？」

「じゃあさ、俺の悩みを聞いてくれよ。甘いものを食べると思考力が上がるからな。必要なことなんだ。だから、一緒に食べよう」

「もう……わかりました。その代わり紅茶を淹れるのは私の仕事ですからね。おかわりが欲しい時は言ってくださいね」

アーサーのセリフにケイは嬉しそうに微笑んでむかいの席に座る。そして、紅茶を淹れると、なぜかクッキーを一つつまんで……。

「アーサー様、あーん」

「え……？」

なぜか、アーサーの口元に持ってきたケイに困惑の声を上げる。すると、彼女はキョトンとした様子で首をかしげる。

「あの……子供たちにこう食べさせていた時に視線を感じたのでアーサー様もしてほしいのかと思いましたが違いましたか……？」

「いや……じゃあ、せっかくだからいただこうかな……」

なんかケイって自分を子供だと思っていないだろうかという疑問が頭をよぎったが、せっかくの好意を断るのも申し訳ないと思い、遠慮なくいただくことにする。

アーサーが口をあけて受け入れるとサクサクとした食感と素朴な味が口の中に広がる。それは……前の人生での牢屋で食べた味を思い出し……彼女を幸せにしようとアーサーはあらためて誓う。

「うふふ、美味しかったですか？」

「ああ、ケイも食べてくれ。好きなんだろ？」

「では、遠慮なくいただきますね」

アーサーの言葉に甘えてクッキーをつまんだケイは満面の笑みをうかべる。甘いものは女性を幸せにする効果があるようだ。

しばらく、お茶とクッキーを二人で楽しんだ後に、先ほど何を悩んでいたのか訊かれ、せっかくだからとアーサーは自分の悩みを話す。

「なるほど……孤児院で勉強を教える人が見つからないですか……」

「ああ、金銭の額はここでメイドとして働いている時と同じ金額にするから問題はないと思うんだが、仮にも俺の名前の孤児院だからな。働く人間もそれなりの格が求められる。ただ孤児院での仕事というのは、城のメイドと比べると人脈をつくりづらいからな……」

アーサーは神父から聞いた問題点をケイにそのまま説明する。生まれついての王族である彼にはあまりよくわからないが、何々様に仕えていたということがステータスになるらしい。

確かに周りの貴族たちはパーティーでも誰々と交流があるとか、どんな仕事をしているとか自慢していた気がする。

本当にめんどくさいな……だけど、どうにかしなくては……。

なんとか『善行ポイント』をためねばまたギロチンが待っているのだ。いざとなったらメイドたちに土下座でもして孤児院に行ってもらおう。そう思いながらクッキーをかじる。

「アーサー様……でしたら、私が行きましょうか？」

「え？」

「私は平民ですが、今はアーサー様のおかげで専属メイドをやらせていただいております。格としては問題ないかと……」

「それはだめだ」

ケイの言葉を遮ってアーサーがその提案を断る。彼にとってケイは最後まで自分を見捨てなかった存在で……そのお礼に彼女を幸せにすると誓ったのだ。孤児院に行くのが不幸だと思わないが、彼女には自分の傍で幸せになってほしい。

それに……彼女が近くにいると自分が落ち着くのである。ちょっと私情をはさむ。そう、アーサーは我儘なのである。

「お前にはずっと俺を見ていてほしいんだ。それとも……ケイは俺から離れたいのか？　なら無理強いはしないが……」

「いえ……そんなことはありません。私はアーサー様にずっと仕えていたいと思います」

問答無用で提案を断られて、出過ぎた真似だったかと少しびくっとしていたケイだったが、アーサーの、素直に自分を必要としている言葉に嬉しくなったのを、誤魔化すようにクッキーを口にして微笑む。

そんな彼女を見て、アーサーは「ふふふ、やはり甘いものは効果があるな」などと見当違いなことを思うのだった。

「それではどうしましょうか？」

「ああ、一応これからうちのメイドたちを呼んで、孤児院に行ってくれる人がいないか聞いてみようと思うんだが……そうだな、まだクッキーはあるんだよな。だったら、みんなの分のクッキーと紅茶の準備をしておいてくれ」

「孤児院の時といいみんなにふるまわれるのですね、アーサー様はお優しいですね」

もちろん、それは優しさではない。クッキーと美味しいお茶を渡せば、ちょっとくらい機嫌がよくなって、こっちのお願いを聞いてくれるのではないかという打算である。

女子は甘いものが大好きだからな。現にケイもクッキーを食べたら嬉しそうにしてくれたし……。あとはそうだな……俺の名前の孤児院だからなんとか協力してくれとお願いしてみるか。誠心誠意頼めば誰かしら引き受けてくれるだろう。

「あ、でも、またこうしてケイと食べたいから……」

「大丈夫ですよ、まだまだたくさんあるからご安心ください。明日も一緒に食べましょうね」

わかっていたとばかりに可愛らしいものをみつめるような視線を向けながらケイはアーサーに微笑

むのだった。

「アーサー様いったいどのような御用でしょうか？」

主であるアーサーから呼び出されたマリアンヌは緊張しながら口を開く。そして、緊張をしているのは彼女だけではない。ほかの五人のメイドも同様だ。

五人が五人とも貴族令嬢の次女や三女だったり、有力な商人の娘であり、アーサーのおつきのメイドの中でも教養の高い五人である。全員が全員彼の専属メイドを目指し、彼の世話をしてきた五人だ。

「ああ、そんなに緊張をしなくてもいい。今日はみんなにお願いがあっただけなんだ。ケイ。お茶を淹れてくれないか？」

「はい、わかりました。少々お待ちくださいね」

アーサーの言葉と共にケイがみんなのお茶を淹れていく。その光景をマリアンヌは複雑な表情で見つめていた。たまたま人数が足りないからと選ばれた平民の彼女がアーサーのおつきのメイドになり、専属メイドにまで成り上がるとは思わなかった。

その仕草は最低限のレベルになっているが、まだまだだとマリアンヌは思い自分の指導が足りなかったことを悔いる。

アーサー様は彼女のどこがよかったんですの？

専属メイドになれなかったことは正直悔しい。自分は元々彼の専属メイドになるために色々と努力をしてきた。礼儀作法はもちろんのこと、家事だって積極的にやり、後輩の指導だって一生懸命やった。特に彼に助けられてからはより一生懸命にやっており、他の人にもほめられたのだ。だけど、自分は選ばれなかった。

正直ケイに対して複雑な感情は抱いているが、それはそれだ。彼女には専属メイドとしてアーサー様に尽くしてほしいと思う。

そう思っているとケイが大量のクッキーを持ってきてみんなに配っていく。

「これは……？」

貴族たちが好むクリームたっぷりのお菓子ではなく、平民が好むような質素な焼き菓子を渡されることにマリアンヌだけでなく、他のメイドも困惑の色を隠せない。

王族である彼がなぜこんなものを……？

「これは俺の大好物でな。みんなも遠慮なく食べてくれ」

そう言うと彼は嬉しそうにクッキーを口にして、紅茶を飲む。勧められたからにはこちらも手をつけないわけにはいけない。

「いただきます」

まずはメガネのメイドのエリンが口にして、マリアンヌもつられるように口に含む。

意外と悪くない……。

普段は甘いお菓子ばかりで一つ食べれば胸焼けしてしまうのだが、これならばいくらでも食べられてしまいそうだ。そして、添えられているジャムをつけると味も変わり飽きが来ないのだ。

意外な発見に驚いていると、アーサーが咳《せき》ばらいをする。

「それでみんなにお願いがあるんだ。俺の生誕を祝った記念で作られた孤児院があるだろう？　誰かそこの子たちに勉強を教えに行ってくれないか？　もちろん、給金は今までと変わらないから安心してくれ」

メイドたちがざわりと騒いだのは気のせいではないだろう。正直その話題に関しては彼女たちメイドの間でも話題になっていた。アーサーの突如の孤児院への訪問。そして、呼び出される我々、そこから何かしらの仕事が振られるのは予想していた。

だけど、孤児院で勉強を教えるですの……。

別に子供に勉強を教えるのは構わない。しかし、相手が孤児だというのがいただけない。彼女たちのような貴族の令嬢たちがアーサーのメイドをしているのは有力な貴族に顔を覚えてもらうためである。

彼についていくことによって、他の貴族の目について求婚されるケースもあるし、顔見知りになっておけば後々得をすることもあるのだ。だけど、孤児院に行けばそれは望めなくなる。

だから、他のメイドたちは難色を示していたのだが……マリアンヌは躊躇なく手を挙げた。彼女は彼に……アーサーに忠誠を尽くすためにメイドをやっているのだ。彼が困っているのならば力になるのは当たり前なのである。

「その仕事、私が引き受けますわ」

「おお、本当か、ありがとう。よかったらもっとクッキーを食べるか？」

「ええ、いただきますわ」

「すみません、私も立候補させてください」

そして、クッキーを追加でもらっていると、伊達《だて》メガネをかけたメイドのエリンが何かに気づいたかのように目を見開くと慌てた様子で、手を挙げる。

彼女の急な反応にマリアンヌは一体どうしたのだろうと思っていながら、嬉しそうな顔をしたアーサーから仕事内容を聞くことになり、彼女たち以外のメイドは退出していく。

そして、再びアーサーが口を開く。

「二人ともありがとう。これから二人には俺の代理として、孤児院で働いてもらう。何か必要なものがあったら遠慮なく言ってくれ」

「アーサー様の代わりにですか……」

信じられない言葉にマリアンヌが思わず聞き返すと、隣のエリンが「やはり……」と何かを察したようにうなずいた。

それも驚くのは無理もないだろう。だって、彼の代理人とは、たかがメイドである私たちの行動に彼が責任を持つという事である。つまり専属メイドと同じ立場である。そもそもだ、わざわざこんな風に彼女たちのご機嫌を取らずとも、ただ命令をするだけでよかったのだ。

もしかしたら、これは自分たちの忠誠心を試す試験だったのではないだろうか？　マリアンヌの頭にそんな考えがよぎる。そして、自分は認められたのだ。そう思うと胸があつくなるのを感じた。

「アーサー様、お任せください。私が必ずや孤児院の子たちの学力を上げて見せますわ!!」

「私もいることはお忘れなく、このエリンもがんばらせていただきます」

「あ、ああ……ありがとう」

気合を入れて返事をするとなぜかアーサーはちょっと驚いたようにうなずいた。

「アーサー様は予想以上の人だったわね。あんな風に私たちを試すとは……」

仕事に関して詳しい説明を聞き終えて一緒にアーサーの部屋を後にしたエリンが驚愕と共にそんな言葉を漏らす。

「やはりそういうことだったのですわね。あれはこちらの忠誠心を試していたのでしょう？」

同様の事を思っていたマリアンヌが同意したが、エリンは肩をすくめて馬鹿にするように笑った。

「あら、あなたはわかっていたから立候補をしたわけではなかったのね。なんであそこにクッキーがあったと思う？」

「それは……私たちにお願いごとをするから、たまたまたくさんあったクッキーをおすそ分けをしたのではなくて……？」

マリアンヌの言葉にエリンは鼻で笑った。その様子に、思わず下品な罵倒をしそうになるが、悔しいが頭の回転では商人としての英才教育を受けているエリンに勝てないので彼女の言葉を待つ。

「うふふ、そんなわけないでしょう。アーサー様は王族なのよ。私たちに甘いものを食べさせて機嫌を取りたいならばコックに頼んで豪華なスイーツでも食べさせるわ。そんな中あえて、平民たちのお菓子であるクッキーを配ってあんなにほめたのは……つまり、アーサー様はこれから平民たちのことも大事にすると私たちに訴えたのよ」

「な……、ああ、だから、わざわざ平民のケイを専属メイドにしたのですわね……」

そう考えればケイが専属メイドに選ばれたのも納得がいく。今回のクッキーといい、わざわざ孤児院に足を運んだことといいこれまでのアーサーからは考えられない行動だとはマリアンヌも思っていた。

あれは彼なりの意思表示だったのだ。だけど、なぜ平民を……と思っているとエリンが言葉を続ける。

「ええ……元々貴族ばかりの社会で今のブリテンは行き詰まっていたわ。おまけに貧富の差も広がるばかりで、不平不満はたまっているの。それらを打開する策として平民の運用を考えているのでしょうね。まさか、モルガン様やモードレット様以外にもそのことに気づいている方がいたなんて……」

「その一歩として自分の名前のついた孤児院の平民たちに立派な教育を施して、将来的には自分の部下にするということかしら？」

マリアンヌがアーサーの深い考えに感銘を受けながら言葉を震わせていると、エリンが得意げな顔でうなずいた。

「でしょうね。しかも、わざわざ私たちを自分の代理として扱うとまでおっしゃったのよ。今回の件にはかなり力をいれているみたいね。これは面白くなってきたわ。私はアーサー様を見くびっていたようね」

「そんな重要な任務を私たちに……」

マリアンヌは思わず息を飲む。先ほどの話し合いはエリンの言う通り試験だったのだろう。本来だったら皆が嫌がる孤児院の教育という仕事を提示して、エリンが言った情報からアーサーの考えを推測できるだけの知性を持つ仲間を探していたという事なのだ。

そして、これからアーサーが平民を重用するとなれば孤児院の子たちにまず声をかけるだろう。そうなれば、その教育係だった自分たちも同じく重用されるに違いない。

これは……そのための試験だったんですわね……。

あいにくマリアンヌは気づくことができなかった。だけど、まぐれとはいえ自分も受かったのだ。だったら、全力でやらねば失礼だろう。それに……彼女はメイドたちに様々なことを教えてきた実績と、忠誠心ならば誰にも負けない自信がある。

「お互いがんばりましょう。専属メイドは一人じゃないしね。孤児院で成果をだせば、ひょっとしたら貴族であるあなたも専属メイドに選ばれるかもしれないわ」

「そうですわね。ちなみにあなたもアーサー様の専属メイドを狙っているんですの？」

「うふふ、それはどうかしらね……少なくともアーサー様を敵に回さないようにとは思っているけど、どこまで踏み込むかはこれから決めるわ。ゴーヨク様の……いえ、ゴーヨクのことは聞いたでしょう？」

「ええ……アーサー様の私財を使い込んでいたことがばれて、牢獄に入れられたと聞いていますわ。そして、アーサー様は一切の容赦をしなかったと……」

そのことは城でも話題になったものだ。これまで教育係だったゴーヨクを一切の躊躇なく罰したことでアーサーの派閥に衝撃が走った。飼いならしていたと思っていた彼が牙をむいたのだ。当たり前だろう。

平民を重用するだけでなく、悪事を働けば貴族も罰する。それはブリテンの貴族たちに大きな変化を与えることになった。現にアーサーの派閥の貴族の多くは平民たちの扱いの改善を急いでおこなっていると噂になっていた。

「あの方は味方には優しいかもしれないけど、敵に回れば一切の躊躇をしないのでしょうね……」

実際のところ、ゴーヨクを牢獄にぶちこんだり、様々な罪に問うているのはアーサーではなく、モルガンなのだが、さすがのエリンもそこまでは知らない。

「まあ、忠誠心の強いあなたは大丈夫かもしれないけど……私はちょっと予定を思い出したのでここで失礼するわね」

意味深な笑みを浮かべてエリンは王城の方へと歩いて行った。彼女は商人の娘という事でアーサーだけでなく様々な貴族とも顔見知りだ。色々と予定があるのだろう。

私も負けていられませんわね!!　アーサー様の期待に応えねば!!

マリアンヌは気合を入れて顔をぱちんと叩く。気合たっぷりのマリアンヌの教育にベディ以外の子供たちがげんなりとするのは別の話である。

薄暗い空間のあちらこちらから、うめき声や怨嗟《えんさ》の声があふれてくる。その光景はまるで地獄である。

そして、地獄というのはあながち間違いではないかもしれない。なぜならばここは重罪人を捕らえておく牢獄であり、ここにいる人間に未来はもうないのだから……。

「くそ、なんで私がこんな目に……私はゴーヨクだぞ!!　大貴族なのだぞ!!」

かびたパンに野菜のかけらが入った質素なスープを前に怒鳴り散らして、食事を地面にぶちまける男がいた。そう、ゴーヨクである。大貴族として育ち、アーサーに取り入って贅沢三昧をしていた彼にこんな生活が耐えられるはずもなかった。

最低の境遇だった。いつものふかふかのベッドはなく、硬い床で寝かされ、豪勢なフルコースではなく、かつて家畜のえさと馬鹿にしていた質素な食事である。

「アーサーの小僧に、モルガンの小娘め、調子に乗りおって!! 私がここを出たらどうしてくれようか」

こんな状況になってもなお彼の傲慢なところに変わりはなかった。前の人生で同じ目にあったアーサーは何が悪かったのかと思い悩んでいたが、ゴーヨクにそんな気持ちはない。

金の価値もわからない馬鹿な小僧のものを有効活用してやっていたというのに、なんで私がこんなに目にあわねばならない。私は大貴族なのだぞ!!

と、かけらも悪いことをしていたとは思っていないのである。

彼は生まれついての貴族だ。自分の立場を使い自分の利益のために行動することは当たり前だった。これは、何も彼が特別というわけではない。これが典型的なブリテンの貴族であり、モルガンが問題視をしていたブリテンの闇である。

「まあいい、もう少しだ。そろそろ仲間が助けに来てくれるはずだ……そのために常日頃から金をばらまいているのだからな」

通常この牢獄に入った人間は出ることができない。だが、何事にも例外はある。それは恩赦だったり、複数の貴族が出してほしいと署名をするか、大量の裏金を払うことだ。

モルガンがアヴァロンに入ってだいぶ減ったが、この牢獄にも裏金を渡して出獄するルートはまだ無数にあるのだ。

「あの小娘め……私がでたらとりあえずは地方に左遷させ……盗賊にでも襲わせるか」

モルガンのあのいつも澄ました顔が苦しみに染まるのを想像してゴーヨクがにやりと笑う。モルガンはアヴァロンの長ではあるが、貴族内の評判はよろしくない。まじめすぎるのである。そして、貴族が複数人集まれば、存在しない罪だってでっちあげることは可能だ。

「それにしても随分と助けが来るのが遅いな……まったく何をやっているのだ」

牢獄に入ってもう三日である。意地を張ってこんなところの食事はすべて捨てているがそろそろ空腹も限界になってきた。そろそろ同じ派閥の貴族の手のものが助けに来る手はずになっているのだが……。

少し不安になったゴーヨクの耳にカツカツという足音が聞こえてきた。この時間は見回りの兵士が来るタイミングではない。

ということは……。

「おお、遅かったではないか。まったくなにをしていたのだ」

ようやく来たであろう助けに傲慢な態度を隠さずに声を荒らげるゴーヨク。そんな彼に近づいてきたのは氷のように冷たい目をした少女だった。

「あらあら、私とあなたは待ち合わせをするほど仲良しだったかしら?」

「な……モルガン……なぜ貴様がここに？」

予想外の相手にゴーヨクが驚愕の声を漏らすと、銀髪の少女……モルガンは馬鹿にするような笑みを浮かべた。

「アーサー皇子の派閥の貴族が教えてくれたのよ。あなたが脱走を試みているってね……だから、あなたにアドバイスしにきてあげたの。助けは来ないわよってね。私って優しいでしょう？」

「な……馬鹿な……やつらが私を売ったというのか？」

モルガンのその一言で状況を察したゴーヨクは信じられないとばかりに目を見開き、そして、彼女を睨みつける。

「ふざけるな!! やつらとて私の価値はわかっているはずだ。見捨てるはずが……」

「去年、あなたは自分の領地で税が重すぎると苦情を言った平民を、見せしめとばかりになぶったわね」

「な……」

いきなりモルガンが語った出来事には見覚えがあった。それは彼が実際やったことなのだ。当たり前である。

「それだけじゃないわ。メイドの少女をいびって、床に捨てたご飯を食べさせたり、豚の真似をさせたそうね……そのことを平民ひいきのアーサー皇子が知ったらあなたをどうするでしょうね」

「それは……だが、平民どもにそんなことをしていたのは私だけではないはずだ!? やつらだって……」

「でしょうね……だから彼らは今必死に証拠をもみ消していて、とっても忙しいみたいよ。あなたみたいにアーサー皇子に嫌われたら城での立ち位置がたいへんになるものね」

「やつら私をスケープゴートにしたのか!?」

モルガンの言葉でようやく助けが来ない理由を察したゴーヨク。彼らは平民を迫害していた事実をゴーヨクにだけなすりつけることにしたのだろう。

「その通りよくわかったわね。えらいえらい」

汚らしく唾を飛ばして声を荒らげるゴーヨクを煽るように称賛するモルガン。そして、彼女はゴーヨクが眉を顰《ひそ》めるのを見てにやりと笑いながら続ける。

「うふふ、教育係だったあなたを一切の情もなく罰するアーサー皇子を見て、貴族たちは態度をかえることになったのよ」

「まさか……それがあの小僧の狙いだったというのか……」

「気づくのが遅かったわね、ゴーヨク。すべてはアーサー皇子の掌《てのひら》の上だったのようね」

これまで従順だったのは世間知らずで愚かなだけだと思っていた。だが、それは演技だったというのか？　ゴーヨクが彼の教育係になったのは十歳の時である。だとしたら、そのころからもう、こうすることを考えていたというのだろうか……そう思うと、ぞっとする。

だが、まだゴーヨクは終わりではない。周りの貴族に見捨てられても、彼の家は大貴族だ。独自のルートできっと助けが……。

そう思った時だった。目が合ったモルガンがにやりと笑ったのだ。その瞳に映る感情に嫌な予感を隠せない。

「ああ、それと……あなたに一つ報告をしに来たのよ。王族のお金を横領したのは、王家の権威に泥を塗る罪だわ。だから、あなたの実家は取り潰しにしようって話題が出たの」

「な……馬鹿な、私の家は国の五大貴族の一つだぞ!! そんなことをしたら国中が混乱するだろう!!」

貴族が好き勝手出来ているのは力があるからだ。そして、ゴーヨクの家系はその中でも特別強力な力を持つ。もしも取り潰しになれば、国中の貴族が混乱し、他国から攻められるきっかけをつくってしまうだろう。だからこそ、これまでモルガンも証拠があってもうかつに手を出すことができなかったのである。

それなのに今回は違うとばかりに彼女はにやりと笑う。

「ええ……私もそれはあんまりだと思ったの。だから、聞いてみたのよ。これはあなたの家ではなく、ただのゴーヨクという男が勝手にやったのではないかって」

「貴様……まさか……」

「そうしたら、彼らは頷いてくれたわ。ゴーヨクはすでに追放していて当家とは関係ございません。その腹いせに独断で私腹をこやしていたんですってね」

モルガンの言葉はつまりはこうだ。問題になっているのは大貴族の当主が横領をしたかどうかである。ならばゴーヨクが当主だったことをなくしてしまえばいいのだ。

モルガンとしては相手貴族の力をそげるし、貸しもつくれる。一石二鳥である。そして、ゴーヨクは……。

それが意味することを理解して顔が真っ青になる。

ゴーヨクは貴族の仲間だけでなく、実家からも見捨てられたのだ。助けなんて来るはずがない。こういうことは貴族の間ではありえないことではない。ゴーヨクだって成り上がるために親しかった貴族を見捨てたこともある。

だが、自分が見捨てられる側になるなんて……。

「そんなことがあってたまるか……」

「じゃあ、用件は終わったわ。もう、会うことはないでしょうけど……食事はちゃんととった方がいいわよ」

無残に床にこぼれているパンとスープを見てモルガンはそう言うと来た時と同じようにカツカツと音を鳴らして去っていく。

「ふざけるな!!　私はゴーヨクだぞ。大貴族なんだぞ!!」

大声で叫ぶがモルガンが足を止めることはなかった。そして、声はやがて小さくなっていき……その後彼がどうなったかを知る者はいない。

「あー、あっさり決まってよかった――」

二人に孤児院での仕事内容を説明した後、アーサーは自室で一息ついていた。これで課題である孤児院の問題は解決したはずだ。

もっとじっくりと説得するつもりだったので、こんなにもすぐに、しかも二人も決まるとは思わなかった。

「女子は甘いものが好きだというけどすごいな……エリンとかクッキーを食べてから顔色を変えたもんな。二人ともモチベーションも高かったし……、また、二人にクッキーをあげるとしよう」

不思議と目を輝かせて立候補した二人の顔を思い出し、見当違いなことを呟《つぶや》きながらどう未来が変わったのか確認することにした。

わくわくしながら『善行ノート』を開くと青い文字で、

【孤児院を救ったことにより善行ポイントが10アップ】

【追加でメイドたちのモチベを上げたことにより、孤児院の子供たちの教育レベルが上昇する可能性があります。善行ポイントが5アップ】

【合計15ポイント得たおかげで人生が変動いたしました】

と書いてあった。メイドたちのモチベというのはクッキーをあげたことか？　などと見当違いなことを考えていたが、続いて書かれている文字に目が留まる。

【モードレットの派閥に警戒されました】

その文字は赤く……まるでギロチンによって首を斬られたときに舞った血のような色で……アーサーは寒気に襲われる。

「なんだよこれは!!」

嫌な予感がした彼は恐る恐る未来の書かれているページを開いていく。そして、最後のページを見るとやはり変わらず、アーサーは処刑されていた。

大きな変化は彼の処刑に反対したのがケイとモルガンだけでなく、孤児院の人間たちも増えていたことだけだろうか？

なんで……と思いながら焦燥と共にノートを読み直す。まとめるとこうだった。

孤児院を助けたことによって、彼らの学力はわずかに上がったし、アーサーの平民からの支持もわずかに上がった。だけどそれだけだった。騎士や貴族の肥大化していく特権主義を止めることができずに、結局は王位継承者となったアーサーは貴族たちに逆らうことができずに、治療魔法の独占も防げなかった。そして、教育を受けた孤児院の子たちも平民出身ということでろくな働き口にありつけなかったようだ。

くそがぁぁぁぁ!!　このままじゃ、だめだ……まだ足りない。貴族の言いなりにならないようにし

ないと結局は大きな変化は望めないってことか!! だけど、どうすればいいんだ?

何かをしなければならないのだが、その何かがわからない。今は王位継承者ではないので、ある程度は自由にできているが、彼が王位を継ぐと決まれば貴族たちはもっと強く囲い込んでくるだろう。こうなれば仕方ないので、モルガンの元に新しく何かいい案件でもないか聞きに行こうと思った時だった。

机の上に教会からの手紙が置いてあるのに気づく。

「そういえば聖女との会食はこの時期だったな……」

前の人生のことを思い出しながら封を切ると、達筆な文字で治癒能力を持つもの同士で意見交換会をしませんかという旨の言葉が書いてあった。

前の人生では取り巻きの貴族に「教会の機嫌を損ねてはなりませんぞ」と言われて行ったが無難な世間話をしただけの不毛な食事会だった。

「そもそもだ。俺の方が聖女なんかよりもずっとすごいからな!! 意見なんて交換しても意味はないのだよ」

基本的には面倒な事は嫌いな上に治癒能力に関しては無駄に自信があるアーサーである。最近はなぜか取り巻きの貴族たちも声をかけてこないようになったので遠慮なく断る事にして、さっさとモルガンに話を聞きに行こうとした時だった。

「善行ノートが輝いている……?」

新しいフラグが解禁されたのだろうと、急いで内容を確認すると新しく青い文字で追記されていた。

【聖女に実力を認めさせろ】

と……つまり、聖女わからせである!!

♛

「うふふ、さすがね。アーサー皇子」

孤児院からの報告書に目を通しているモルガンの形の良い唇から笑みがこぼれる。神父からの報告によると、彼の命令で優秀なメイドが二人も勉強を教えてくれることになったようだ。

「嬉しそうですね、モルガン様」

「ええ、アーサー皇子は本当にすごいわ。彼のおかげで孤児院の子供たちの学力は上がるでしょうね。これは未来を変える行動よ」

「なるほど……ですが、一つの孤児院の子供の学力があがったくらいで何が変わるのでしょうか？」

モルガンの部下が怪訝な顔で彼女に問うと、まるで自分の事のように得意げな笑みを浮かべてモルガンは答えた。

「全てが変わるわ。まずは王族が平民に教育をうけさせる。ブリテンの長い歴史の中でもあまりないことよ。しかも、ただ教育を施すだけじゃない。わざわざアーサー皇子は自分のメイドを送ることにした。貴族令嬢が平民に何かを教えるなんて誰もしなかったわ。それだけでもすごいのに、彼は孤児院で治癒魔法を使ったの。その意味がわかるかしら」

「いえ……ですが、アーサー様が好き勝手に人を治癒するのはモルガン様も反対されていたはずでは……？」

モルガンの弾むような言葉に部下はしばらく考えるが、申し訳なさそうに首を横に振った。その反応がわかっていたかのように彼女は誇らしげに笑った。

「ええ、そうね。無差別に治癒をするというのならば私は彼に文句を言ったでしょう。だけど、今回の治癒は違うわ。ただの人間を癒したんじゃない、自分の名前をつけられた孤児院にいる平民を癒したのよ」

モルガンの言葉に部下もハッとした顔で声をあげる。

「つまり、アーサー様は本来なら貴族でも大量の寄付金を積み、なん年も待たねばならない治癒能力を子供に使う事によって、自分の味方ならば平民であっても重用するという事を示したのですね!!先ほどの教育もそういうことですか!!」

「そう、ようやくわかったかしら。アーサー皇子は自分の味方であれば平民でも重用するということを行動によって示したの。これにより、商人や平民たちの支持は彼に集中していくでしょうね」

部下の言葉にモルガンは満足そうにうなずいた。もちろん完全に勘違いであるし、ちょっとした火傷を負ったケイの治療もしているのだが、そんな事を知らない彼女たちは、興奮気味に話を続ける。

「今回の事で彼の関心を引きたいと思っている貴族たちから『アーサー孤児院』に寄付金が集まり始めたわ。このままうまくいけば一部の貴族は平民を雇うことをも検討するかもしれないわ。アーサー皇子のご機嫌を取ろうとみんな必死なのよ」

それほどまでに彼の治癒能力は貴重で強力なのだ。これまでは一部の取り巻きが完全に彼の治癒魔法を牛耳っていたが、彼が平民を治癒した事でそれも変わった。

彼の味方になれば自分も治癒してくれるのではないかという貴族たちや商人までもが動きはじめるだろう。

「ですが、それではこれまでの取り巻きだった貴族たちが黙っていないのでは？」

「そうね、だから、あのタイミングでゴーヨクの悪事をあばいたのでしょう。後ろめたい貴族たちはまずは証拠隠滅を図るはず……それに私の方でも手を打っておいたわ。諜報部《ちょうほうぶ》を使って、彼らが虐げていた平民たちに関しての情報を表面化させておいたの。火消しが終わるまでは彼らはしばらく大人しくせざるをえないでしょうね」

「うわぁ……平民を差別しないアーサー様に、自分の領地の平民に対してひどい事をしているのがばれたら、まずいですもんね……」

「でしょう。それにそれはアーサー皇子のこれまでの立ち回りがあったからこそ効果があったのよ」

アーサーの立ち位置は特別だ。強力な治癒魔法を持っているが世間離れをしているために、あまり政権争いにも参加していなかったし、周りの貴族のお願いで治癒をすることはあれど、自分からは誰かを治療することはなかった。まるで自我がないかのように……。

つまり、アーサーは道具のように使われていただけであり、特定の派閥に肩入れしていたわけではないといえるのだ。あくまでも依頼をされたから治癒をしたと言えば問題はないのである。

おそらく、取り巻きの貴族たちは世間知らずの皇子を好き勝手使っていたつもりなのだろうが、あえて、自分を特別な立ち位置に置いて、治癒能力の高さが国中に広まったタイミングで行動をおこしたのだ。

これによって、モルガンが悩んでいるこの国の問題の一つである貴族と平民の格差も少し縮まるだろう。

さすがね、アーサー皇子……。

なまじ頭がいいからか勝手に勘違いして、勝手にアーサーの評価をあげていくモルガン。もはや宗教に近い。

「とはいえ、あいつらも自分の保身にはたけているわ。さっさともみ消して、再びアーサー皇子に媚を売りに来るでしょうね……その前に手をうたないと……」

彼の取り巻きの貴族たちは決して無能ではない。特に政治に関してはモルガンですらいいようにやられる可能性があるのだ。

もしかしたらアーサー皇子ならばそれすらもうまく利用するかもしれないが……。

「なるほど……ですが、彼らが力を取り戻す前に、どこかしらの貴族などと協力をしなければさすがのアーサー様も自由には動けなくなる可能性がありますよね。平民たちへの理解が深いアグラヴェイン卿《きょう》はモードレット様を次期王にと推していますし……」

「そうなのよね……」

もしも、平民にも人望のあるアグラヴェイン卿が力を貸してくれるならば、ありがたいのだが、あっさりと断られてしまった。

モードレットへの忠誠もあるのだろうが、なぜか、彼はアーサー様が治癒能力を持っていると言う事を知ってから避けている気がするのだ。

「うちの家だけではとてもじゃないけど大貴族たちには勝てないし……かと言って教会は基本中立ですもの……」

部下の言葉にさすがのモルガンも頭を抱える。この世界では治癒能力が重宝されていることもあり、教会は国家とは別として強力な力を持っているのだ。

そして、彼ら教会はあえて権力争いとは距離を置いている。なんとか貸しを作る事ができればいいのだが……さすがのモルガンもどうすればいいかは即座には思いつかない。

「せめて教会の聖女エレイン様とアーサー皇子が仲良くなったりすればいいのだけれど……」

教会でもっとも優れた癒し手である聖女の言う事ならば教会も多少は話をきいてくれるだろう。だけど、どうやって仲良くなればいいのかわからない。

モルガンと部下が仲良く頭を抱えているところだった。ノックの音が響いて、一人の少年がやってきた。噂のアーサーである。

「すまない……今度聖女と会食をするんだ。その時の馬車を準備してくれないか？」

「え……さすがです、アーサー皇子!!」

「これがアーサー様の慧眼《けいがん》なのですね、すごいです!!」

「はっ？」

馬車を借りる手続きをしただけなのに、なぜか喜んでいるモルガンとその部下にアーサーを間の抜けた声をあげるのだった。

9話　聖女とアーサー

THE SAINT AND ARTHUR

アーサーと聖女エレインは前の人生でも交流があった。だが、それは決してお互いにとって益のあるものではなかった。

聖女のおひざ元である教会の一室で会食が開かれていた。アーサーとゴーヨクの向かいに座っているのは、金髪のとがった耳をしたエルフの美しい少女……聖女エレインと、そのおつきの壮年の男性プリーストである。

「アーサー様はこの間は皆があきらめていた大病の伯爵を治療したのです。それはもう、素晴らしい技術でした」

「ええ、お噂は聞いておりますよ、なんでも我々グラストンベリーのプリーストすらも匙を投げた病だったらしいですね。さすがは聖王の後継者と噂されているアーサー皇子です」

「ですが、エレイン様も毒に侵された村人をなん人も救われたとか……さすがはグラストンベリーの聖女ですな」

「ありがとうございます。彼女はうちの自慢の聖女ですから」

ゴーヨクと聖女の取り巻きのプリーストがお互いをほめたたえあう。社交辞令のなんともむず痒《がゆ》い会話である。

その様子をエレインは興味なさそうに見つめていた。

「ふふ、ブリテンにもエレイン様の評判は届いておりますよ。治癒能力が優れていて、お優しく、お美しい。グラストンベリーもあなたがいれば安泰ですね」

「ありがとうございます。ですが、私は困っている方を癒しているだけですよ。そんなお言葉もったいないです」

見え透いたお世辞に、エレインははにかんだ笑みを浮かべて答える。鏡でなん度も練習した表情だ。相手には自然に見えているだろう。現にゴーヨクはだらしなくデレっとしている。

彼女はこういう会話が大っ嫌いだった。こんなくだらない話をしている時間があるならば一人でも多くの人間を救いたいというのが本音である。

だが、それは許されない。自由に行動するにはエレインの治癒能力は優秀すぎたのだ。その優れた能力は教会の名声と権力をあげるために利用されていた。

他国の貴族や、話題になった病など、様々なものを教会の命令で癒すのだ。

こんなことをするために教会に入ったわけじゃないのに……。

エレインは本来困っている人がいたら治療をして感謝されたらいいな、そう思っていただけだった。だけど、教会が紹介してくる治療は話題性になりそうな案件ばかりだった。目の前の人よりも、遠くの有名な人間を癒す。その現状に彼女は絶望していた。

かといって世間知らずな彼女は教会に表立って反抗するほどの熱意ももうなかった。せいぜい休日に無料で困っている人を癒すだけである。

「ふん、俺だって、それくらいは癒せるさ」

ゴーヨクが、エレインばかり褒めるからだろう、アーサーという少年が不快そうに鼻をならす。すると、ゴーヨクと取り巻きのプリーストが今度は彼をほめたたえる。

目の前の少年は私と同じくらい優秀な治癒能力を持っているって聞いているけど、実際はどうなのかしらね？

なん度かこうして会食をしているが、彼の評価はあまり高くない。金に汚く、貴族や大聖人など、金持ちしか癒さない守銭奴だときいている。そして、目の前で見ているエレインの彼への評価はただのわがままで世間知らずな王族といったところか……。

そんな彼が自分のあこがれている『聖王』の生まれ変わりなどとお世辞でも言われているのが正直不快ですらあった。だから、この問いは気まぐれだった。いや、わずかな希望があったのかもしれない。自分と同じ立場の人間である彼がもしも、自分と同じ思いを抱いていればと……。

「ならばその優れた治癒能力をもつアーサー皇子はなぜ貴族のみを助けるのでしょうか？　かつての聖王は身分に関係なく治療したと聞きますが……」

「な……」

「エレイン、なにを聞いているのですか!!」

エレインの言葉にゴーヨクが絶句し、取り巻きのプリーストがあわてて叱責する。だけど、そんなことはどうでもよかった。彼女はアーサーの表情を見ていた。

「うん……？　別に平民からは頼まれないからな。それにたかが痛いくらい問題はないだろう？」

何を言っているんだとばかりに怪訝な顔をするアーサーにエレインは自分の心の中で失意が広まっていくのを感じる。

ああ、こいつはやっぱりどうしようもない男なのだ……。

それでもかすかな希望をもって言葉を重ねる。

「痛みに苦しむかたがいれば、一日の回数制限や、様々な事情があるのはわかりますが、助けられる範囲は貴族も平民も平等に救うべきではないでしょうか？」

「アーサー様に失礼ですぞ。ブリテンにはブリテンのやり方があるのです。聖女様とはいえ他国のひとに言われる筋合いはありませんぞ!!」

エレインの言葉に激怒したのはアーサーではなく、取り巻きのゴーヨクだった。そして、エレインの言葉をプリーストが頭を下げて詫《わ》びる。

そして、アーサーは相変わらず興味なさそうにそのやり取りを見つめていた。

それを見てエレインもどうでもよくなってしまった。だって、この世界に聖王のような素晴らしい人はいないのだとわかってしまったのだから……。

そして、それ以後エレインはアーサーに完全に興味を失った。会食もなん度かあったが社交的な会話のみで終わり……ブリテンで革命がおきて、それもなくなった。

もしも、聖女がアーサーに興味をもっていれば、助けに行ったかもしれないがそんな未来は存在しなかったのである。


「聖女に実力を認めさせるか……どうやればいいんだろうな？」

次の日の昼間、中庭にある椅子に座りながら、日記のようなものを片手に唸っているアーサーを見て、ケイは満足そうに頷いた。

「うふふ、たまには外に出た方が健康的ですよ」

アーサーはいつも部屋にいるのだが、引きこもっているアーサーを心配したケイに強引に連れ出されたのである。

生まれてこの方病気になったことはないので心配は無いのだが、ケイの言うことには逆らえないアーサーだった。しかし、外でもやることは部屋にいるときと変わらないところは生粋の引きこもりである。

「そういえば聖女様にお会いに聖地グラストンベリーにいらっしゃるんですよね。お土産話を楽しみにしていますね」

一生懸命何かを考えているアーサーを見つめながらケイは空になったカップに紅茶を入れる。

「何を言っているんだ？　ケイも一緒にいくんだよ」

「え……ですが、平民に過ぎない私が外国についていくなんて……」

当たり前のように言うアーサーの言葉にケイは目を見開いた。

この方はなにをおっしゃっているのだろう？　と……。

ケイが驚くのも無理はない。外国に遠出をするとなると、ついていくことができる人数も限られてくる。そのうえ王城とは違いイレギュラーなことが起きる可能性があるのだ。

こういう場合は、ベテランのメイドや、きちんとした貴族出身のメイドがついていくのが定石なのである。

「アーサー様、申し出は本当に嬉しいのですが、私よりも適任の方がいると思います。それこそマリアンヌさんとか……」

アーサーが自分に親愛の感情を抱き、信頼してくれているというのはもうわかっている。だけど……だからこそ、自分の知識や力のなさで彼に恥をかかせたり、危険な目にあわせるのは嫌だったのだ。

だから断ろうとしたのだが……。

アーサーの寂しそうな目に気づき、言葉を止める。

「俺はほかのメイドじゃいやなんだ。ケイと一緒に行きたいんだ？　だめかな？」

「もう……そんな風に言われたら断れるはずがないじゃないですか！」

アーサーに頼られ、ケイのお姉さんゲージが一気にたまる。こんなにも信頼されて、頼られて断るなんて、お姉さんとしても、専属メイドとしても失格じゃないの!!

そして、彼女は自分に活を入れるとアーサーに笑顔で答える。

「わかりました。ご一緒させていただきます。そのかわり、外国の料理が口に合わなくても好き嫌いは許しませんからね!!」

「ああ、ありがとう」

「では、私はちょっとやることを思い出したので失礼しますね、用があるときは遠慮なくお呼びください」

頭を下げてケイは城の方へと歩いていく。彼はこんなにも私を頼ってくれているのだ。知識がないのならば、アーサーに恥をかかさないために今からでも学べばいいのだ。

そう、熱い思いをかかえ専属メイド《お姉ちゃん》としてがんばるのだった。


「よかった――――!!」

アーサーは何やら気合を入れて城に向かうケイを見て安堵の吐息をもらす。実のところ……というか、彼はあまり知らない人と会話をするのは得意ではなかった。だから正直外国へ行くとなるとかなり不安だったのだ。しかも、今度は聖女をわからせなければいけないのだ。無言ではいけないだろう。以前はゴーヨクが勝手に喋《しゃべ》ってくれていたので場が持ったが、彼は今や牢獄である。まあ、本性を知った今あいつを頼る気はさらさらないが……かと言ってモルガンなんかに頼れば一分に一度は説教されそうだし、胃が痛くなりそうでしんどい。体の傷は癒えても心の傷は癒えないのである。

そうなると頼れるのはケイしかいないのだ。

それに……彼女には俺のカッコ良いところを見て欲しいしな。

まだどうするかは決めていないが、アーサーは聖女にその実力を見せひれ伏させるのが目的なのである。

そもそも、俺が聖女ごときに治癒能力で負けるはずはないしな……と約束された勝利（自称）に頬を緩ませていると、声をかけられた。

「引きこもりのお前がここにいるとは珍しいな。いったいどんな風の吹き回しだ？」

声の方を向くと、アーサーに似た金髪の青年と、無表情なメイドが立っていた。

「ん……ああ、ロッド兄さんか……」

「ロッドお兄様だろ？　俺は王になる男だぞ。治癒能力があるからといって、調子に乗っているんじゃない。なあ、メイド十五番よ」

「はい、ロッド様のおっしゃる通りです」

にやついた笑みを浮かべるロッドにメイド十五番と呼ばれた少女は無表情に答える。

「ちょっと話をしようじゃないか、アーサー。メイド十五番よ、茶を注げ」

そう言うと彼はアーサーの向かいの椅子に座るのだった。


そうして、アーサーとロッドのお茶会が始まる。

「失礼します」

メイド十五番と呼ばれた少女は美しい所作で紅茶を注ぐ。ご丁寧にロッドの分だけではなく、アーサーの分も新しく準備してあるようだ。

ロッド＝ペンドラゴン……彼はこのブリテンの第一皇子だ。第一王妃の息子であり、王位継承権を持ったアーサーの兄である。

貴族たちの間では次の王は正統な血筋を持つ彼か、圧倒的な治癒能力を持つアーサーかに分かれているのだ。しかし、治癒能力を持つアーサーを支持する貴族の方がかなり多い。

だからだろう、彼はことあるごとにアーサーに絡んでくるのだ。

「聞いたぞ、お前の世話役のゴーヨクが捕まったらしいな。だめじゃないか、ちゃんと部下の手綱は握っておかないと……やはりお前には王は厳しいんだよ。なあ、メイド十五番」

「はい、ロッド様のおっしゃる通りです」

あざけりの笑みを浮かべながらロッドがアーサーの失態を嘲る。なるほど部下の失態は上司の失態につながる。現に今回の件でアーサーを王にしようという派閥の力が少し落ちたのは事実である。この煽りは効果的だっただろう。

もしも、普通の貴族が相手だったらだが……。

この場合は相手が悪かった。世間知らずのアーサーであり、前の人生ではなんか知らんがいつの間にか王位継承権一位になっていた男である。そんな彼に皮肉が通じるはずがなかった。

「なるほど……確かにロッド兄さまの言う通りだな。だが、安心してくれ。あんな男には元々頼っていないし、俺の周りには同じようなやつらがたくさんいるしな」

「うぐ……」

まったく堪えていないとばかりに満面の笑みで答えるアーサー。実際裏切るゴーヨクなんぞ、はなからあてにしていないし、今のアーサーは自分が助かることしか考えていないのだが、何も知らないロッドはそうは取らない。

アーサーに比べて、支持する貴族の少ないロッドには人望のないお前とは違って代わりはいくらでもいるという風に聞こえ頬を引きつらせる。

「ふん、確かに貴様の治癒能力目当ての取り巻きは数だけは多いからな。だが、勘違いするなよ、あいつらはお前が不利になればすぐに見捨てるぞ!!」

「ふふ、ロッド兄さまの言う通りだな。王として俺もそこは気を付けなければいけないと思うよ」

「な……もう、王になったつもりなのか……」

前の人生を思い出し真実を言い当てているロッドにアーサーは感心しているのだが、なぜか彼の額に青筋ができる。

実のところアーサーはロッドの事は嫌いではなかった。ほかの人間がおべっかを使ってくる中で、彼だけは本音でぶつかってくるからだ。そして、皮肉がわからない彼にとっては時々アドバイスをくれる口が悪いけど気を遣ってくれる兄という印象なのである。そして、その口の悪さもモルガンに比べればはるかに優しい。

だから……彼は前の人生を思い出してお礼とばかりアドバイスをすることにした。

「ロッド兄さまの方こそ部下の裏切りには気を付けた方がいいぞ。使用人のこともちゃんと名前を呼んだ方がいいと思う。それと……いざという時に海外に逃げる準備をしておいた方がいい。これからどうなるかわからないからな」

「なん……だと……？」

ロッドはアーサーが王位継承者に選ばれた未来で彼と同様に処刑されるのである。しかも、身内によって革命軍へ売られるのだ。

だから、いつでも逃げられるようにした方がいいと警告をしてあげたのだが……。

「ふん、余計なお世話だ!!　貴様の方こそ治癒能力が高いからと言ってあまり調子に乗るなよ!!　いつか聖女に比べられて泣くことになるのを恐怖するのだな!!」

「聖女と比べられる……?」

「ああ、そうだ!! 聖女とお前は同じ治癒能力の持ち主だ。しかも、あっちの方は品行方正で美しい。俺がなん度も求愛の手紙をわたすくらいになぁ!! いつか同じ場所ではちあうこともあるだろうよ!! そこで対面してみろ。お前のぼろがすぐに剥がれ………」

「それだ!! ロッド兄さまありがとう!!」

アーサーは大声を上げてロッドの手を握る。そして、困惑気味の彼に礼を言って自室に戻ることにする。

ふはははは、そうだ。聖女のところに行ったときに俺の素晴らしい治癒能力を見せつけてやればいいのだ!! だって、俺が負けるはずがないのだからな!!

そう言って勝手に勝利を確信し、聖女をわからせるための作戦を練りにいくのだった。

♛

「なんだったのだ……あの男は……」

いきなり走り出したアーサーを見てロッドは困惑し……先ほどの会話を思い出して怒りくるう。

「あの男!! まるで自分が王になるのが当然とばかりに言いおって!! しかも言うに事欠いて俺に海

外に逃げろだと!?　ふざけるな!!」

「おっと……危ないですね」

怒声と共に自分の手元にあるカップをメイドに投げつける。するとメイド十五番は冷静にそのカップを受け止める。どんな技術か、コップの中身すらこぼさない。

それを見て、ロッドはさらにいらだちが募る。

「だいたいあの男のカップには下剤をしこんでいたはずだろう。なんで効かないんだ!!」

そう、ロッドは少しでもアーサーの評価を下げるための嫌がらせとばかりに、ひそかに毒を盛っていたのである。ロッドは自分より後に生まれた妾《めかけ》の子供のくせに治癒能力を持っているというだけでちやほやされている彼に嫉妬をしていた。

だから、定期的に皮肉を言ったり嫌がらせをしているのだが、いっこうに効いたそぶりを見せやしない。そのことで余計イラつき彼へのいやがらせはどんどん過激になっているのだ。

「私はロッド様のご命令通りあのお方のカップに毒を仕込んでいましたが……」

「奴はピンピンしていたではないか!!　貴様……俺を裏切ってあいつにつくつもりじゃないだろうな!!」

そう、メイド十五番を怒鳴りつけるとロッドは彼女からカップを奪い取り、アーサーが残したお茶を飲み干す。

「ほら……なんとも……」

再びロッドがメイドを怒鳴りつけようとして……ぐぎゅるるるる――と彼の腹部から激しい音が響く。激痛と共に便意が彼を襲う。

「うおお……おい、早く解毒薬を……」

「そんなものはありませんよ。ロッド様が強力な下剤を準備しろとおっしゃったじゃないですか。一日中はこのままかと……」

「ならば治癒できるものを呼べ!! 口の堅い奴だぞ、こんなことがほかの人間に知られてみろ、俺の人生は終わる!!」

「これだけ強力な毒ですと治せる人間は一人だけかと……」

「誰でもいい、そいつに頼め!! 金ならばいくらでも払う。こんなところで漏らしたとなれば俺は……」

必死にお腹を押さえて冷や汗を垂らすロッドに告げられた名前は残酷なものだった。

「はい、かしこまりました。それでは急いでアーサー様をお呼びいたしますね」

「ふざけるな……そんなことが……うおおおおおお!?」

中庭に情けない悲鳴が響き渡る。この後彼がどうなったかは……名誉のため内緒にしておこうと思う。

10話

アーサーとグラストンベリー

ARTHUR AND GLASTONBURY

「アーサー皇子いってらっしゃいませ!!」

「あ……ああ……」

なぜかやたらとテンションの高いモルガンたちに見送られて、アーサーと専属メイドのケイは馬車に乗っていた。

モルガンのやつ無茶苦茶嬉しそうだったけど、このまま俺を海外で幽閉しようとか企んでいないよな……?

そんな風に心配そうな顔をしているアーサーの横には少し困惑しているケイがいた。

「私なんかが一緒の馬車に乗っていいんでしょうか?」

「いいんだよ。俺が一緒にいてほしいんだ。だめかな?」

「うふふ、アーサー様は甘えん坊ですね。それならお言葉に甘えますね」

などというやり取りがあり、彼女も一緒の馬車に乗る事になったのだ。その時にケイが甘えられて嬉しそうな顔をしたのはここだけの話である。

そして、馬車に乗ると……。

「アーサー様、これすごいですよ。すごく柔らかいです。馬車に乗るといつもお尻が痛くなっちゃうのに!!」

「そうなのか、ケイが楽しそうで何よりだよ」

「う……少し興奮してしまいました。失礼しました」

ふっかふかのクッションにはしゃいでいるケイにアーサーが微笑むとケイは恥ずかしそうに、ちょっと悔しそうに顔を赤く染める。

アーサーの前ではお姉さんぶりたいケイだった。

「こほん……アーサー様は今から行く聖地グラストンベリーのことはどれくらいご存じなのですか?」

咳ばらいして、ごまかすようにまじめな話をするケイ。

「いや、実はあんまり知らないんだよな……特定の国に属しているのではなく、教会が治めている自治領ってことくらいは聞いたことがあるんだが……」

「うふふ、そう思って私の方で色々と調べておきました」

「おお、さすがはケイ。なんでも知っているな!!」

「うふふ、なんでもは知らないです。知っていることだけですよ」

アーサーの尊敬の篭った声にケイは嬉しそうに微笑んで口を開く。

「グラストンベリーは教皇が治める国であり、周囲の国とは同盟関係にあり何か起きた時の仲介役となっています。そして、それを可能にしているのは、グラストンベリーの強力な治癒能力を持つ聖女の存在と、プリーストの多さですね。彼女たちはいくつもの国に派遣され、国や身分に関係なく治療をしているため、他国への抑止力となっているのです。教会を敵に回せば治癒をできるプリーストが去ってしまいますからね。また、治安も良いので、巡礼の旅をするものも多く、市場は活気があふれていると言います。ちなみにグラストンベリーの鳥はとてもおいしいと有名なんですよ」

「なるほど……やっぱり治癒能力はすごいんだなぁ……わかりやすかったよ。ありがとう」

「うふふ、私はアーサー様の専属メイドですからね。これからも、頼ってくださいね」

アーサーの感謝の言葉にケイはちょっと得意げに笑う。ちなみにその日を暮らすのが精いっぱいである平民出身の彼女は元々グラストンベリーに関する知識は世間知らずの彼とどっこいどっこいだった。

ただ、アーサーと接して、彼が自分で思っている以上に世間知らずな事、そして、それが彼の人生で損をすることになるだろうと思い至った彼女は、グラストンベリーに同行することが決まった時にマリアンヌに必死に教わったのである。

マリアンヌの説明は少し難しかったけれど、それはもう頑張ったのだ。それもすべては……アーサーの頼れるお姉ちゃんとなるために!!

アーサーはケイのおかげで少しリラックスできたこともありこれからのことを考える。

「聖女に教会か……」

前の人生では、あまり接点がなかった存在だ。聖女とは今回の会食をきっかけに一年に一度意見交換として会ってはいたが、言葉遣いこそ丁寧なものの、明らかにこちらには興味がないのがわかったし、教会とやらも、ブリテンで革命がおきている間には手助けどころか何もしてくれなかったのだ。

ケイの説明だと、本来はそういう時に仲裁してくれる存在な気もするのだが……なぜ彼らが前の未来で動かなかったか、その理由を知る方法はない。

それよりも、アーサーには一つ気になることがあった。

「なあ……さっき聖女が強力な治癒能力を持っているって言ったな。ケイは、俺と聖女どっちの方が優秀だと思うんだ？」

「え……？」

ちょっと拗ねた様子のアーサーの言葉にケイは思わず聞き返す。アーサーにとって治癒能力は自分自身に絶対的な自信を持っている。だから、ケイが聖女の事を優れた治癒能力を持っていると言ったり、どこか誇らしげに語っているのを聞いて、少しだけ、モヤっとしてしまったのだ。

もちろん、ケイが聖女を優れていると言ったのはマリアンヌの説明の受け売りで、誇らしげに語っていたのは、アーサーに頼ってもらえたのが嬉しいからなのだが、人の心がまだまだわからないアーサーは思わず嫉妬してしまったのである。

そして、それを聞いたケイは、目の前の少年の可愛らしい嫉妬に思わず抱きしめたくなる衝動をおさえ優しい顔で微笑む。

「うふふ、私は聖女様の治癒能力のことはわかりません。ですが、アーサー様の凄《すご》さはこの身で知っています。私の火傷を癒し、ベディ君の深い傷を癒しました。だから、どっちがすごいって聞かれたら絶対アーサー様って答えますよ」

「ふーん、そうか……」

興味なさそうに答えているが、アーサーは嬉しそうに、にやにやとしている。そして、そんな子供っぽいところを見せる彼を愛おしそうに見つめながらケイは、一つの提案をする。

「アーサー様、グラストンベリーには屋台がたくさんあると聞きます。せっかくですので、まだ時間もありますし、ついたら一緒に回りませんか？」

「本当か、楽しみだな。ブリテンとどう違うのか気になるしな!!」

ケイの言葉にアーサーは嬉しそうに答えるのだった。


馬車から降りて、当たり前のようにケイと手を繋《つな》いで市場に足を踏みいれるとブリテンでは見られない光景が広がっていた。そこかしこで露店が開かれており、商人たちの活気であふれている。ブリテンとの大きな違いは、行きかう人々の多種多様さだろう。

着ている服はもちろんの事、ドワーフやエルフなどブリテンでは珍しい異種族の亜人もいるようだ。

「これは確かにすごいな……ケイの言う通り歩いてみて正解だったぞ!! ほら、見てみろ。あそこでは珍しい石をドワーフが売っているし、そこのエルフの奏でる音楽は城でも聞いた事の無いものだ!!」

初めて見る光景にアーサーは興奮気味にあちこちを指差しながら声をあげる。前回の人生では興味を持たずに、そのまま馬車で進んでいったため初めてなのである。

そして、そんな彼を見てケイはというと……。

「そうですね。ほら見てみてください、アーサー様、あそこでは演劇もやっているようですよ!! あ、ホビットが踊っています。綺麗ですね」

お姉さんぶる事も忘れて、アーサーと同様に初めての光景に興奮していた。それも無理はないだろう。彼女もまたマリアンヌからグラストンベリーについて学んではいたが、あくまで口で説明されただけだし、平民である彼女はブリテンを出る事すら初めてだったのだ。

そうして、二人仲良く騒いでいる光景に護衛の騎士たちも最初はあっけにとられていたが、クスリと笑う。

「なんかアーサー様のイメージが変わったな……」

「ええ、思ったよりも無邪気なところもあるようで……そして何よりもメイドと皇子の恋……悪くない。むしろ良《い》い!!」

そう、平民であるケイを専属メイドにし、孤児院の少年に治癒能力を使用し、教育にも力を入れ始めた事は城にいるみなに知れ渡っている。そのことからアーサーを見る目は徐々に変わってきているのだ。

だから、こんな風に騒ぐ彼を見て、これまでどこか遠い存在だと思っていた護衛騎士二人もアーサーに親近感がわいてきているのだった。

それこそ、思わず雑談を振ってもいいかなと思うくらいに……。

「アーサー様、露店でしたら、そこの肉串がおススメですよ。この近くの森でしか狩れない極ウマ鳥という名産品を使っているので、とてもジューシーでお勧めです。隣のレディへのプレゼントにちょうどいいかと」

「おい、トリスタン……」

護衛対象である皇子に気軽に耳打ちをする同僚を制止しようとしたが、間に合わない。そして、アーサーはというと……。

「そんなに美味しいのか……せっかくだから食べてみたいな……ありがとう。トリスタン」

「え……私の名前を覚えてらっしゃるのですか……」

感謝をして笑顔を浮かべるアーサーを信じられないという表情でトリスタンをみつめる。まさか、王族の彼が護衛の一人にすぎない自分の名前を覚えているなんて思わなかったのだ。そして、その事実は彼の胸を熱くする。

ここにモルガンがいたら、「なるほど……兵士に親近感を覚えさせ忠誠心をあげる作戦ですね。さすがです」とか言いそうである。もちろんそんなことはないのだが……。

アーサーは世間知らずではあるが馬鹿ではない。ケイの時に名前を覚えていなかったことを後悔していたこともあり、自分に近しい人間の名前は覚えるようにしているのだ。

そんな風に少しずつ学んできている彼が今何をしているかというと……。

「なあ、ケイ、せっかくだからあの肉串を食べよう。すごい美味しいらしいぞ」

「ダメですよ、アーサー様。これから会食があるんです。それに、アーサー様のようなご身分の方が他国の市場で食べるのはあまり推奨されないのでは……」

「でも、ここでしかとれない鳥らしいんだぞ。すごく美味しいみたいなんだ」

むっちゃわがままを言っていた。元々前の人生でケイに教えてもらっていた屋台での肉串が気になっていた事と、さらにここでしか食べられないという事が彼の熱意に拍車をかけていた。

なんだか、精神年齢が下がっているように見えるがきっと気のせいである。

「う……すごく美味しいんですか……」

アーサーの言葉にケイの目が輝いたのを彼は見逃さなかった。おそらくアーサーにかっこつけるために自分も食べたいのを必死に我慢しているのだ。

彼もまたケイの性格がわかってきているのだ。

「せっかくだし食べようぜ。それに二人でわければいいんじゃないか？　確かケイも好きだったろう？」

「わかりました。そこまで言うなら一緒に食べましょう。その代わり、会食でも残してはダメですからね」

そう……アーサーは世間知らずではあるが、馬鹿ではない。故にこういう風におねだりをすればなんだかんだケイは折れるという事を最近はわかってきたのだ。あと、結構食べ物には弱いという事も……。

そうして、ケイを説得した彼は屋台の店主に声をかける。

「肉串を一つ……いや、三つ頼む。せっかくだからな、お前らも食べるだろう」

「うふふ、アーサー様はお優しいですね」

「本当ですか、ありがたい!! さりげない優しさはポイントが高いですよ、私がレディだったら恋をしていたかもしれません」

「ありがとうございます。トリスタン騒ぎすぎだ!!」

アーサーの言葉にケイたちが嬉しそうに声をあげる。もちろん、ケイに関しては完全なる善意だが、騎士たちに関しては違う。

モルガンとかに市場で食事をしたことがばれたら危機管理が足りないって怒られそうだからな……共犯者にしてしまえば言いつけたりはしないだろう。

実に小物じみたことを考えていた。前回の事もありモルガンに叱られるのはちょっと……いや、かなり怖いのである。

「あいよ。できたよ。あんちゃん。部下にも奢《おご》るなんて太っ腹だねぇ」

「うふふ、アーサー様はお優しい方なんですよ。どうぞ」

お礼を言いながらケイが一本肉串を受け取ると、当たり前のように彼の口の方へと運ぶ。アーサーも当然とばかりそのままかじる。甘やかされることにすっかり慣れてきたアーサーである。

「うまいな、これ!! ケイも食べたらどうだ」

口の中で肉汁があふれだしていく旨味にアーサーが感嘆の声を上がる。その様子を見て微笑みながらケイも肉串に口をつける。

「はい、ではいただきますね……美味しいです!! 王都のものよりもとってもジューシーで、かじると同時に肉汁があふれ出してきて幸せな気分にさせますね。これはスパイスでしょうか？ ピリリとした辛みがさらにお肉の味を引き立てています!! 確かにこれは買って正解ですね。さすがです、アーサー様!!」

無茶苦茶語り始めるケイ。

「そうか……喜んでくれて嬉しいよ」

幸せそうに肉串に口をつけるケイを満足そうに見つめる。彼女と一緒に屋台で肉串を食べる。前回の人生でやってみたかったことが叶《かな》ってアーサーは充実感に包まれる。

「あ、口元が汚れていますよ。アーサー様失礼します」

「いや、外ではさすがに恥ずかしいんだが……ハンカチを渡してくれれば自分でやるぞ」

「だめです。これも専属メイド《お姉ちゃん》の仕事ですから」

「そう……なのか……？」

肉串を食べて汚れた口周りを、ケイによってハンカチで拭かれるアーサー。疑問に思ったが即座にケイに否定されて、納得するのだった。

ルビがおかしい気がするが、気のせいだろう。

「それにしても、ここは本当ににぎやかだな。いつもこうなのか？」

美味しい肉を食べ、ケイとやりたかったことを達成して上機嫌のアーサーは珍しく他人に話しかける。そして、店主はたくさん買ってくれたお客さんに愛想よく笑いながら答えた。

「そりゃあやっぱり教会のおひざ元だからねぇ。治安も良いし、何かあっても教会の人々が治療をしたり助けてくれる。だから、俺たちは安心して生活できるのさ!!」

「ふむ……なるほどな……」

どこか得意げに教会を褒める店主。その様子にアーサーが教会と同じことをすれば善行ポイントがたまるのでは？　などと考えた時だった。

「あとはやっぱり聖女様だね。あの方がいらっしゃって、治癒してくれるってだけで騎士たちも安心して戦えるのさ。ブリテンの皇子様も優秀な治癒能力を持っているって聞くけどいい噂は聞かないし、聖女様の方が上だろうね」

「……」

「アーサー様……落ち着いてくださいね」

いきなり押し黙ったアーサーにケイは嫌な予感がしたのか宥《なだ》め、護衛の騎士たちに緊張が走る。確かに彼は変わった……だけど、馬鹿にされれば話は別だと思ったのだろう。

そして、以前の彼だったら間違いなく、怒鳴っていたし、今だって誇りを持っている治癒能力を聖女の下だと見られたのだ。ぶちぎれてもおかしくはないと思うのももっともである。

だが、皆の予想とはちがいアーサーは笑みを浮かべていた。

「なるほどな……ここの聖女はよっぽど尊敬されているようだなぁ。だが、ここにもっと優れた治癒能力の持ち主がいるとわかったらどうなるだろうな」

先ほどケイが聖女を褒めていたこともあり、アーサーは対抗心を燃やしていた。実に小さい器の男である。だが、それと同時に聖女の評判を聞いて一つの結論に至ったのだ。

「俺が聖女と同じことをすれば俺はより尊敬されるだろう。ふははは、聖女とやらをわからせてやるか。どっちの治癒能力が優れているかをなぁ!!」

彼にとっては自分の治癒能力は絶対的な誇りであり、負ける可能性など一切考えていないのである。ゆえに、彼は善行ノートに書かれたように聖女に治癒能力で勝って、ここの国の連中に自分の方が優れていると知ってもらえば、自分も教会や聖女のように皆に頼られるようになると考えたのだ。そして、頼ってきた人間を助ければ善行ポイントもどんどんたまるだろう。

そう考えて思わず笑みがこぼれたのだ。もちろん、実際は教会への厚い信頼があるからこそ、ここの人々は聖女やプリーストを頼っているのだが、アーサーはそこまでわかっていなかったのである。

「兄ちゃん……何が気にくわなかったかわからないけど、ここでは聖女様の事を悪くは言わない方が良いぞ」

「うん……？　悪くなんか言っていないさ。ただ、俺の方が優れているという事実を言ったまでだ」

「アーサー様!!　アーサー様がすごいのはわかっていますから、落ち着いてください!!　あはは、気にしないでくださいね」

「だって、俺だって聖女と同じくらい……いやそれ以上に治療できるぞ」

空気を読まずにどこか得意げに答えるアーサーをケイは宥めながら屋台からひき剥がそうとした時だった。大きな声で不敬なことを言っている彼らを一切気にしない様子で、屋台にやってくる人影があった。

「そうなの……あなたの方が聖女よりもすごいのね。それは助かるわ。店主、いつものを一本お願い。今日はめんどくさい会食があるから、気分転換に好きなものを食べておきたいの」

その少女は一瞬アーサーを一瞥《いちべつ》すると、すぐに興味なさそうにして目をそらし、店主に注文をする。フードを深くかぶっているため、顔は見えないが、美しい声と、フードから覗くとがった耳からエルフの女性だという事はわかった。

「ん？　お前は……」

「あ、これは……お久しぶりです!!　はい、すぐに焼きますね!!」

「アーサー様いきますよ!!」

会話が途切れたのをチャンスとばかりに、ケイに引っ張られてアーサーは馬車の方へと戻っていく。あの声どこかできいたことがあるんだよな……と思っていると、店主が肉串に真っ赤な香辛料をどばーっとかけているのを見て変な声がでてしまった。

あれで味がわかるのだろうか？

そして、馬車の中でケイに「アーサー様がすごい事は私たちがわかっていますので、この国の聖女様を下げるような発言はおやめください」と説教をされてしまい、エルフのことは忘れるのだった。

II話 会食

DINNER

宿についておいたアーサーたちは聖女との会食のために、教会へと足を運んでいた。会食の準備ができるまでおまちくださいと控室に案内され一息つくアーサー一行。

その中でそわそわしている人間が一人、それはもちろんアーサー……ではなかった。

「アーサー様……私がこんな場にいるのはさすがにおかしくないでしょうか？」

そう、ケイである。彼女はアーサーの命令という名のお願いで、聖女との会食に同行することになり、あたふたとしているのである。

彼女の指摘は何もおかしなことではない。聖女は教会での最重要人物の一人であり、皇子であるアーサーと同格なのだ。そんなＶＩＰ同士の会食に専属メイドとはいえ平民の彼女が同行するなどというのは本来ありえないことだった。

それなのに、彼は当たり前だとばかりに言った。

「何を言っているんだ……ケイは俺の専属メイドだろう？　それに俺はこういう場は苦手なんだ。無理にとは言わないが助けてくれないか？　ケイがいると心強いんだ」

「アーサー様……そこまで私を重用してくださっているのですね。わかりました。専属メイド《お姉ちゃん》頑張ります!!」

アーサーの言葉に感動しているケイ。だけど、アーサーの内心は断られないかとドキドキだったのでむっちゃ安堵していた。

彼は思い出したのだ。前回の会食の時の様子を……その時の彼は取り巻きの貴族だったゴーヨクと行動をしていた。全ての会話は彼がしきっており、アーサーは時々相槌《あいづち》を打つくらいだったのだ。そう、彼はコミュ障なのである。

以前の彼だったらこんな会食は失敗してもいいやくらいの気持ちだが、善行ノートの内容と、出かける時にモルガンがやたらと喜んでいたことを思い出す。

なんであんなに興奮しているかわからんがミスったらむっちゃ嫌味を言われそう!!

前の人生経験から一人だと絶対失敗すると思いケイに頼ったのである。

平民の私を本当に重用してくださっていると感動しているケイと、コミュ障なため失敗はできないとビビっているアーサーの二人のいる待合室にノックの音が響く。

「アーサー様、大変お待たせいたしました。準備が整いました」

「ああ、わかった」

迎えに来たらしきプリーストの少女に返事をしてアーサーとケイは立ち上がる。その時彼女と目があうと元気づけるように微笑んでくれた。

「そういえば聖女様ってどんな方なんでしょうか？　人格者とは聞いていますが……」

「そうだな。エルフで物静かな女性だな。そして、この国で一番の治癒能力の持ち主だ」

ふと気になったらしいケイの言葉にアーサーが答える。もちろん、この国でと強調したのは、ブリテンを含めれば俺の方が上だぞという意味である。

常にアピールをするアーサーだった。

「おお、我が国の聖女様がエルフとご存じとはさすがですね。やはり同じ治癒能力者同士興味を持たれたのでしょうか？」

「ああ、まあそんなところだ」

驚いた様子のプリーストに当然とばかりに答える。実際は前回の人生で会ったことがあるからなのだがそんなことを言ったりはしない。

「つきました。今回の会食であの方も熱意を取り戻してくれたら嬉しいのですが……」

「それはどういう……」

プリーストの言葉の意味を聞く前に扉が開かれてしまう。そこにいたのは見目麗しい純白の法衣を身に纏《まと》い穏やかな笑みを浮かべているエルフだった。法衣の上からでもわかる起伏の激しい胸元に一瞬目を送りそうになりながら必死に抑える。

俺は今回こいつをわからせに来たのだ。情けない姿を見せるわけにはいかない。ましてや見惚《みほ》れてなんぞたまるかよ!!

そう、対抗心バッチバチである。そして、聖女はというと、アーサーとケイを見て大きく目を見開き、一瞬面白いとばかりに笑みを浮かべると口を開いた。

「初めまして、アーサー様。それに専属メイドのケイ。本日は快く会食を受け入れてくださりありがとうございます」

「このたびはお招き感謝する。俺だけでなく、ケイの同行も許していただき感謝する」

アーサーがお礼の言葉を言うとケイもそれに倣って、マリアンヌに仕込まれたお辞儀をする。そして、アーサーは席についてからふと思う。

自己紹介もしていないのに、俺の事はともかくなんでケイの名前を知っているんだろうかと……。

「俺はブリテンの第二皇子アーサー＝ペンドラゴンだ。ブリテンで一番の治癒魔法使いだと言われている」

食事の前にと自己紹介をする。もちろんマウントを取るのはわすれない。器の小さい男アーサーである。

「初めまして、私はこのグラストンベリーで聖女をやっているエレインと申します。同じ治癒魔法使いとして仲良くしていただければ幸いです」

それに対して聖女はにこやかに笑みを浮かべて返事をする。実に大人である。

「ちなみにですね……私はグラストンベリーでは一番の使い手と言われていますよ」

「ほう……」

全然大人じゃなかった!!　エレインの目は一切笑っていなかった。気まずい空気、沈黙が支配するなか会食は始まる。

そもそもアーサーはコミュ障である。彼の前回の記憶と言えば取り巻きの貴族が勝手に喋っており、アーサーは適当にうなずいていただけなので正直こんな空気でなくても話題に困る。

頼みの綱のケイは……と視線を送ると、アーサーの背後で緊張したように立っている。お姉さんパワーでもさすがに聖女の、しかも希少なエルフの相手はむずかしかったようだ。

「アーサー様のお噂はこちらにも届いております。貴族の方々を癒し、ブリテンに貢献してらっしゃるそうですね。素晴らしい事です」

「ああ、ありがとう。聖女エレイン様の噂も聞いているぞ。この街は君がいるから安心なのだと、住民が言っていたな。大変そうだがすごいじゃないか。是非ともあなたがどんな風に治療をやっているのか教えてほしいな。そうすれば、俺ももっと人の役に立てるかもしれない」

エレインの振った世間話にアーサーは先ほどの屋台で感じたことを答える。一見平和そうな会話だが、アーサーの意図は違う。

お前程度の力であれだけみんなに尊敬されるんだ。だったら俺がお前と同じことをすればもっと尊敬されるに違いない。だから、教えろよと言っているのである。対抗心がばっちばちである。

そんな彼の思惑に気づいているのかいないのかエレインは一瞬眉をひそめて……会話を続ける。

「うふふ、私は皆様の指示にしたがっているだけですよ。そういえば……最近は孤児院の子供を治療したという噂を聞きましたが本当でしょうか？　しかも、かなりの重症だったと事で……何か心境の変化があったのですか？」

「ああ、その話か……」

どこか鋭い目つきで見つめてくるエレインの言葉にアーサーは少し歯切れ悪く答える。やはりモルガンの言っていたようにエレインも、好き勝手に癒すなと言いたいのだろうか？　まあ、他の人間は寄付金とかを貰《もら》っているみたいだしな……アーサーが少年を治療した理由は自分の治癒能力を侮られてムカついたという理由が大きい。

まずい……これでは俺がわからせられてしまう。

「誰だって痛いのは嫌だろう？　あんな子供が苦しんでいるのは見ていられないし、それにあのくらいの治癒はそんなに難しいものじゃないからな」

だからアーサーは本当の理由を隠しつつも言い訳をする。子供が可哀想《かわいそう》だから癒したのだと、そして、大した病ではないから癒したのだと。

納得してくれたかなとちらっと見るが相も変わらずエレインは難しい顔をしている。

「なるほど……ですが、その子供は平民なのですよね？　失礼ですが、ブリテンの方々は貴族を優先して治療すると聞いたことがあります。それなのにわざわざ平民を癒すという、目立つ行為にはどのような意味があったのですか？」

なんなのこいつ、むっちゃ詰めてくるんだけど!!　そんなに俺が平民を治療したのが気に食わないのだろうか？　でも、こいつも平民とか癒しているんだろ？

そこまで考えてアーサーはわかった。

ああ、この女は焦っているのだ。

これまでアーサーは取り巻きの言う通りにしていたため貴族しか癒してこなかった。だが、彼が彼女と同様に平民まで癒すことによって、より優れた治癒魔法の使い手（自称）のアーサーが、聖女よりも人気者になってしまうことを恐れたのだろう。

現に前の人生では護衛の騎士が屋台の時のように気安くに声をかけてくることなんてなかった。やはり俺の人望は上がっているっていう事だろう。

ふははははは、器の小さき聖女め、わからせてやるよ。そういえば……前の人生で聖女は自分がなぜ平民を癒すのか言っていたな……その時はこう答えていたはずだ。

「深い理由なんてないさ、むろん限度はあるが俺は俺の助けられる範囲は貴族だろうが平民だろうが助けたいと思っているんだよ。一日の回数制限や、様々な事情があるから全部は救えないがな。それが当たり前だろう」

「平民も貴族と同じように助けるですか……口ではどうとも言えますが、本気なのですか？」

アーサーの言葉にエレインが信じられないとばかりに、目を見開いた。そして、その様子を見ていたケイも口を開く。

「アーサー様のお言葉は本当ですよ。私も平民出身の人間ですが、火傷をした時に治療してくださった上に、私を専属メイドにしてくださいました。この御方は貴族や平民というだけで差別をしたりしないのです」

「……なるほど……あのお方と同じ考えなのですね……」

ケイの言葉にエレインはアーサーを見つめ、何やらぶつぶつと呟いた。ナイスアシストだ。ケイ!!

ふははは、聖女め、俺がお前と同じことをしようとしていると知って焦っているな。あとはなんとかこいつの目の前で治療魔法を使って力の差をみせつけることさえできればこいつに負けを認めさせられると思うのだが……。

教会にいる怪我人を片っ端から治療したら……多分怒られるよな？　外交問題になったらモルガンに殺される気がする。

あれ、前の人生ではこの後何かあったような……アーサーがそう思った時だった。

ドアが荒々しいノック音と共に開けられる。

「どうしたのですか？　来客中ですよ」

「聖女様、申し訳ありません。近隣の村で強力な毒を持つ魔物が現れて……退治しに行った騎士となん人かの村人が毒に侵されて意識をうしなってしまったとのことなのです。救援に行ってはいただけないでしょうか？」

「なるほど……話はわかりました。訓練を受けた騎士がやられるほどの毒とは……確かに私が行った方が早そうですね……」

ああそうだ。前の人生でも、こうして会食は中断されたのだ。その時はエレインに、可能ならば手伝ってもらえないかと聞かれたが、助ける相手が貴族ではないとわかった途端、取り巻きの貴族が勝手に断ったのだが……。

「申し訳ありません、アーサー様……」

「任せろ、俺も手伝ってやるよ!!」

エレインの言葉に食い気味にアーサーは答えた。だって、そうだろう? 同じ毒を癒すのだ。そうすれば否《いや》が応でも優劣はつくからなぁ!!

エレインは『グラストンベリーの聖女』という立場に嫌気がさしていた。彼女は母に読んでもらった絵本に出てくるブリテンの『聖王』という存在に憧れていた。『聖王』はどんな種族もどんな立場の者も平等に癒し、皆に慕われており、理想の王と呼ばれていたのだ。

だから、自分が彼と同じ治癒能力に目覚めて、聖女として、グラストンベリーに呼ばれた時は理想を抱いたものだ。エレインも、色々な人を癒し、皆に慕われる存在になろうと……だけど、そこで待っていたのは教会での権力を高めるように利用される象徴のような扱いだった。

確かに貴族だけではなく、平民も癒す。だけど、その人物は彼女でしか癒せない重傷者だったり、重病人だったりだ。しかも、善意ではない。教会には優れた治癒能力をもっている聖女がいると公表し、教会の権威を高めるために利用されていたのだった。

そして、同僚のプリーストたちも彼女の思い描いていた人物とは違った。彼女たちの話はやれ、どこの国の貴族を癒したとか、どこぞのお偉いさんに褒められたとかそういう話ばかりだったのだ。おまけに、エレインが休日にボランティアとして平民たちを治療していることを民衆に媚を売っていると陰口を言っているのだ。どうやら、『聖王』のように高潔な癒し手はここにはいないらしい。

そう思うと、彼女は全てが馬鹿らしくなってきてしまった。

そんな彼女のモチベーションの低下を心配していたのはエレインの幼馴染であり、エルフの森から一緒に教会に入ったヘレネーだった。

彼女は自分と同じように強力な治癒能力を持つアーサーと話し合えば悩みを共有できるのでは……？　と会食を企画してくれたようなのだが、彼女は正直興味がなかった。

他人を見下している貴族は嫌いだったし、彼の噂も、貴族しか癒さない世間知らずの皇子とのことだった。なんでそんな男と会食しなきゃいけないのよと文句を言うとヘレネーは最近になって面白い噂を聞いたというのだ。

「どうやらアーサー皇子が、孤児院の子供を治療したらしいわよ。しかも、その子は魔物の毒に全身が侵されていて、片腕を切断されていたのにそれすらも治療したらしいの。まるで聖王様みたいじゃない？」

朗報だとばかりにそう言うヘレネーの言葉をエレインは最初信じられなかった。だって、そんな重症となれば、エレインだって、治療に半日はかかるのだ。それなのに、平民の……しかも、孤児院の子供を治療したというのか？　寄付金だってもらえないだろうに……。

それが、本当の話だとしたら、エレインがあこがれた『聖王』のようである。押しだまったエレインに何を思ったのか、ヘレネーはこんな提案をしてきた。

「アーサー皇子にとりあえず会ってみましょ。そうすればあなたもきっと興味をもつはずよ」

「まあ、別にいいけど……」

聖王のようと言われるアーサーという人間を見極めたかったエレインは素直にうなずき、会食が行われることになった。

そして、会食の当日、柄にもなく緊張していたエレインは気分転換も兼ねて、いつもの屋台へ行く。素朴な味付けが故郷のエルフの里を思い出して、癖になるのだ。

ここの親父《おやじ》さんにはエレインがグラストンベリーに来たばかりの時に、たまたま怪我を治療したのが縁で、定期的に利用するようになったのだ。しかし、やたらと褒めてくるのでちょっと照れくさいし、今のエレインとしては少し気まずい。

だって……自分の仕事に疑問を持っていながらお偉いさんに逆らえないでいる今の自分はかつて憧れていた『聖女』とは程遠いのだから……。

「兄ちゃん……何が気にくわなかったかわからないけど、ここでは聖女様の事を悪く言わない方が良いぞ」

「うん……？　悪くなんか言っていないさ。ただ、俺の方が優れているという事実を言ったまでだ」

そんなことを思っていると、屋台のおじさんと旅人が何やら揉めているのが聞こえた。どうやら、エレインが話題らしい。仲裁をしようと早足で屋台へ向かうと、旅人とメイドらしき少女の言葉が聞こえた。

「アーサー様がすごいのはわかっていますから、落ち着いてください!!　あはは、気にしないでくださいね」

アーサー!!　今このメイドは少年のことをアーサーと言ったのだ。驚いたエレインは店主と揉めていた少年を見る。十五歳くらいの無駄に自信に満ちた顔立ちをしている。

「だって、俺だって聖女と同じくらい……いやそれ以上に治療できるぞ」

その言葉にエレインは少しむっとする。自分だってできる範囲で頑張っているのだ。なのに彼は自分よりも優れているという。

メイドと護衛の騎士たちに連れられて行く彼を見ながら故郷から送られてくる調味料を肉串にかけると、圧倒的な辛みが口内を支配して少し冷静になる。

自分の治癒能力はアーサーにも負けていないと自負している。だけど、彼がそれ以上に治療をできるということは……わずかな噂だけで、自分のモチベーションが低下していることを見抜いたというのか？

エレインは一瞬そんな風に考えて……すぐに首をふる。さっきの少年にそこまでの知性は感じなかったし、どうせこの後の会食で本性もわかるだろう。

「店主お代わりをおねがいするわ」

「あいよ!!」

元気のよい返事をする店主から肉串を受け取り、ふたたび調味料をかける。最初は信じられないものでも見るような目で見られていたが、慣れたのかもう普通である。

アーサー……あなたは本当に『聖王』の後継者なのかしらね？

そして、身だしなみを整えて会食で会ったのはやはり彼だった。軽い自己紹介を終えて、エレインはずっと気になっていた平民を癒した理由を聞く。

その答えに再び衝撃が走る。

「だって、誰だって痛いのは嫌だろう？　あんな子供が苦しんでいるのは見ていられないし、それにあのくらいの治癒はそんなに難しいものじゃないからな」

彼は大変なはずの治癒ですら、簡単な事のように言ったのだ。失った手を再生するのだ。生半可な苦労ではなかったはずだ。おそらく、助けられた孤児の子が負担に思わないためであろう。

その姿はまるで初代『聖王』のようで……目の前に理想とした聖人がいることが信じられずにエレインは再び同じような質問をしてしまう。

「なるほど……ですが、その子供は平民なのですよね？　失礼ですが、ブリテンの方々は貴族を優先して治療などをすると聞いたことがあります。それなのにわざわざ平民を癒すという、目立つ行為にはどのような意味があったのですか？」

そんな彼女にアーサーはどこか呆《あき》れたように、まるで言い聞かせるようにかつて自分が抱いていた理想と同じ言葉を語ったのだ。

「深い理由なんてないさ、むろん限度はあるが俺は俺の助けられる範囲は貴族だろうが平民だろうが助けたいと思っているんだよ。一日の回数制限や、様々な事情があるから全部は救えないがな。それが当たり前だろう!!」

まさに本当の聖人と会った気持ちだった。さすがはブリテン、『聖王』が治めた街の第二皇子である。彼女が感動していると、使用人のケイもまた、彼の偉業を語る。

その目線にはアーサーへの敬意が秘められており、直感で彼の語る言葉が真実だとわかった。そして、確信する。ああ、彼は『聖王』と同じ志を持つ者なのだと……。

そして、彼は我がグラストンベリーの人間も救うつもりでいてくれるらしい。ダメもとで助力をお願いしようとしたら、食い気味で手伝わせろと言われてしまった。

ひれ伏そうとする自分を必死に否定する。いや、まだ信じていいかわからない。口ではどうとでも言えるのだ。かつて夢を見て、聖女となり現実を見たエレインはそう簡単に人を信用できなかった。

だけど……彼が自分よりも優秀な治癒能力を持ち……身の危険も顧みずに平民を治癒したら……本心から彼の偉業を認めてしまうだろう。そんなことを思うのだった。

12話 毒にまみれし村

THE POISONED VILLAGE

毒を持つ魔物が現れたのは、ここから馬車で三時間ほど走った村らしい。どんな場所かと聞くと、意外にもトリスタンが答えてくれる。

「ああ、そこは極ウマ鳥の名産地ですね。この村の奥に生えている植物だけを餌にして育つため、あの独特のウマ味が出るらしいですよ」

「ほう……じゃあ、助ければお礼として極ウマ鳥をふるまってもらえるかもしれないな」

「いいですね、あの鳥とっても美味しいですよね。もしも、いただけたら私が調理しましょうか？」

アーサーが乗り気になっていると、ケイも嬉しそうに笑顔を浮かべる。城ではシェフがいるので、手料理を食べさせることができないが、この状況ならばと……声を上げたのだ。

屋台で庶民の味を喜んでいる彼に家庭の味も味わってほしいのだろう。いや、お姉ちゃんぶりたかっただけかもしれないが……。

「いいな。やる気が出てきたぞ!!」

「うふふ、楽しみにしていてくださいね。それに私も新鮮な極ウマ鳥を食べるの楽しみです!!」

ケイの言葉でアーサーのやる気が１００上がった!!　実に現金である。そもそもアーサー自体はエレインに勝つという気持ちだけで治療をしようとしていたのだ。ケイの手料理や極ウマ鳥というご褒美のおかげでよりモチベーションがあがる。

そして、そんなことを話している間に、エレインの馬車と同じタイミングで村につく。

「これはこれは、聖女様だけでなく、アーサー様までも来てくださるとは……」

「出迎えありがとうございます」

「挨拶はいい。それよりも治療が必要な人間の元に案内してくれ」

村長らしき老人がアーサーたちを出迎えるが、ついつい急《せ》かしてしまう。エレインが驚いた眼《め》で見ているが、ケイの手料理が食べたくて気が急いていたようだ。

「なるほど……形式的な挨拶よりも負傷者ということですか……村長、事態は一刻を争います。よろしくお願いします。アーサー様もやる気でいらっしゃるようですね」

そう言うと彼女はアーサーを見て微笑んだ。その態度は先ほどアーサーが挑発する笑みと重なって見えて……アーサーは一つの考えに至る。

なるほど……お前なんかに負けないってことだな。宣戦布告か!!　俺の方が優れているって教えてやるよ!!

見当違いに気合を入れるのだった。

案内された小屋はうめき声があふれていた。窓から覗くと、話に聞いていた魔物と戦って負傷した騎士らしきガタイの良い男たち四人に、最初に襲われた村人たち六人が寝かされているのが見えた。

「ここにいる者たちは昨日から苦しみのあまり、食事もできないようなのです」

悲痛な顔をしている村長の言葉の通り、彼らの周りにはパンと水が置いてあるが、手を付けられた跡はない。苦しそうに、呻いている彼らを見てエレインも眉をひそめる。

「なぜ、誰も看病をしないのですか？」

「実は……この毒は触れるだけでうつる可能性があるのです……最初は毒におかされていたのは二人だったのですが、彼らを背負った村人や世話をしていた者も同じようになってしまい……」

「なるほど……感染系の毒なのですね。厄介な……」

魔物たちはその種類の分だけ様々な毒を持っている。その強さは魔物によって変わるが、他者に感染するほどの力を持つ毒は例外なく強力だ。

だからこそ、聖女であるエレインに真っ先に話が来たのだろう。他国の皇子に、万が一のことがあってはまずいとエレインは声をかける。

「アーサー様、どうしますか？　思ったより厄介な毒のようですが……」

「何を言っているんだ？　俺は治療をしに来たのだぞ。逃げるわけがないだろう」

「おお……ありがとうございます……」

「さすがです、アーサー様」

即答すると共にアーサーは、小屋の扉を躊躇なく開けて入る。

「な……アーサー皇子!?　ああ、もう、勝手な事をしないでよね!!」

エレインが何かを叫んでいるが気にしない。もちろん彼は感染する可能性がある毒があろうが、苦しんでいる人間は放っておけない……などという高尚な人間ではない。

この女、俺が感染系の毒ってだけで、ビビると思って挑発しやがったな？　見せてやるよ。俺の力をなぁ!!

そう、聖女への対抗心である。

小屋に入るとピリッとした感覚が襲ってくる。彼の体はわずかな毒すらも感知し……そして、体内に入る前に即座に解毒する。

そう、特異体質であるアーサーにとっては毒などなんでもないのだ。小屋の外で信じられないとばかりに目を見開いているエレインに挑発するかのように殴りたくなるような笑顔を向けた後、近くで横になっている男の治療を開始する。

「よし、お前が一番重症だな。毒よ、癒えろ!!」

彼の手から暖かい光が生まれ徐々に男の体を包んでいくと、その顔色が良くなっていく。そして、もう少しで完治というところで違和感に気づく。

くっそ、治療しても周りの毒にすぐに感染するのか!?

一旦外に出すべきか？　顔を上げるとエレインと目があった。彼女がうなずくと、小屋全体が光に包まれる。

「私だって聖女って呼ばれているんだから!!」

「な……この女!!　こんな広範囲に治療できるのかよ!?」

そう、エレインは一人一人を治療するのではなく、小屋全体に治癒魔法を使ったのである。一人一人を治療する力はアーサーの方が高い。だけど、彼は一度に一人しか治療をする事ができないのだ。

「舐めんなぁぁぁ。俺が最強だぁぁぁ!!」

一人を治療し終えたアーサーは即座に次の人間の治療にうつる。今の彼にはもはや、聖女をわからせるという事も、善行ノートの事もすっかり飛んでいた。

彼の唯一のアイデンティティである治癒能力で、他人に負けるわけにはいかないという意地だけで治癒を続ける。

そして、休憩も無しに治療を続ける事三時間、彼は小屋の中でだらしなく倒れこんだ。

「終わったぁぁぁぁぁ!!　全員治ったぞ!!」

「アーサー様お疲れ様です。ですが、こんなところで横になっては風邪をひいてしまいます。村長さんが私たちのために部屋を取ってくださいました。そこで休みましょう」

「ありがとう……って、ケイ、ここはさっきまで毒が……」

「それをアーサー様が治療したのでしょう。ならば大丈夫ですよ。私は信じていますから」

そう言うと彼女は微笑んで、彼をおこして、肩を貸す。柔らかい感触と甘い匂いにアーサーは気恥ずかしいものを感じる。

「別に一人で大丈夫だって」

「だめです。アーサー様はご自分で思っている以上にお疲れなんですよ。それにこういう時に甘えてもらうのが専属メイドの仕事なんですから」

「そうなのか……?」

疑問に思いつつもケイに触れているのが心地よく、アーサーは従うことにした。そして、部屋から出るときにエレインと目が合った。

なぜか顔が赤く、こちらをじっと険しい顔で見つめられ警戒するが、彼女の口から出てきたのは感謝の言葉だった。

「その……ありがと。あなたもすごいのね」

こちらが素なのだろう。ちょっとツンツンした口調でエレインがお礼を言ってきた。

ふはははは、俺の方が明らかに回復量は多かったからな。俺の勝ちを認めたということか? 素直じゃないか。

気分を良くしたアーサーはエレインにねぎらいの言葉をかけてやる。

「ん、ああ、気にするな。まあ、お前もすごかったぞ」

「うふふ、アーサー様ったら照れちゃって」

「別にそういうんじゃない!!」

そう、アーサーはあくまで聖女であるエレインを負かすために頑張っただけである。そりゃあ、くるしんでいる彼らの事を救いたいと思ったのも事実だが……少しだけだ。

そもそもエレインに対してはライバルという感情しかない。だけど、まあ……感謝の言葉は嬉しかったのも事実である。ケイに言われ喜んでいる己を自覚し少し恥ずかしくなって、急いで小屋をあとにするようケイを促す。

そうして、ケイに部屋まで運んでもらったアーサーだったが、もうひと悶着あった。

「夜は村の方々が宴会をしてくれるそうなのでそれまで休みましょう。アーサー様、どうぞ」

「それは……やりすぎじゃないか？」

ベッドの上で自分の膝をどうぞとばかりたたくケイの意図を察し、アーサーは顔を真っ赤にする。

「大丈夫ですよ。アーサー様は私といると落ち着くと言ってくださったじゃないですか。それに、マリアンヌさんから聞いたんです。疲れた殿方は膝枕が効果的だって……それとも、私の膝枕は好みではないでしょうか？」

「いや……そんなことはないが……」

そんなやりとりをして、アーサーはケイの膝枕に甘えることになった。彼女の体温を感じていたせいか、彼が悪夢に苦しむことはなく、ケイも膝の上で寝息を立てるアーサーを見て嬉しそうに微笑むのだった。

村に着きアーサーと行動を共にしたエレインは驚いてばかりだった。まずはアーサーの治療へのやる気である。貴族というものは体面を気にするものだ。だからこそ、村長も彼と自分に一生懸命感謝の言葉を伝えようとしていた。

だが、アーサーはそんなものは興味がないとばかりにさっさと小屋へ案内しろと命じた。その姿は名誉などよりも怪我人の事を第一に考えているようにエレインには見え、おもわず笑みを浮かべてしまった。

そして、もっと驚いたのは小屋についてからである。今回の毒は感染型の毒だったのだ。基本的に毒には種類があるが感染型は例外なく強力である。他国の皇子に政治的取引もないのに頼めるようなものでは無い。

だから、エレインは気を遣って、今回は自分たちだけで対処しますと伝えようとしたのだ。

「アーサー様、どうしますか？　思ったより厄介な毒のようですが……」

「何を言っているんだ？　俺は治療をしに来たのだぞ。逃げるわけがないだろう」

だけど、アーサー皇子は即答だった。エレインの制止を気にもとめず彼は小屋に入っていくではないか。その姿勢は素晴らしい。だが、彼はただの人間ではない。他国の王族なのだ。

ここで下手な事があれば国際問題にもなる。

「な……アーサー皇子!?　ああ、もう、勝手な事をしないでよね!!」

思わず声を荒らげて素がでてしまったが心配は杞憂だった。彼は自分にも治癒魔法を使っているのか、毒をものともしないようだ。

そして、さっさと治療を始めてしまった。そこでもエレインは驚かされることになる。それはすさまじい治癒能力だった。食事をするのも辛そうな青年の顔色があっという間に良くなっていき……彼が一瞬こちらを見た気がした。

お前は何もしないのか？　と……。

エレインは驚いて毒に気後れしていた自分を恥じ慌てて治癒魔法を使う。彼女の治癒魔法は広範囲を癒す強力なものだ。だけど、その力をもってしても中々治癒が終わらない。

それだけ強力な毒をこの男はこの短時間で癒したというの!!

彼女はアーサーの治癒能力の高さに戦慄を隠せない。そんな事を考えている間にもアーサーは次から次へと治療を終えていく。

その姿はとても一生懸命で……くだらない対抗心や色眼鏡で彼を見ていた自分が恥ずかしくなった。

「終わったぁぁぁぁぁ!!　全員治ったぞ」

全員の治療が終わるとともに彼は小屋で倒れこむ。それをだらしないなんて思わない。なぜなら治癒魔法はとても精神が疲れるのだ。これだけ強力な毒を、しかも他国の領民を癒すためにあんなに一生懸命に使うなんて……。

もう一つの驚きはメイドの行動だった。彼女はアーサーが治療したと言ったら迷うことなく小屋に入ったのである。普通の人間ならばいくら治療したとはいえ、毒が蔓延《まんえん》していた空間に入るのは抵抗がある。だけど、彼女にはそれが一切なかった。

この子はアーサー皇子を心の底から信頼しているのね……。

そのことに気づき、彼を少しでも疑っていたエレインは自分の矮小《わいしょう》さに恥ずかしくなる。そして、彼がメイドに肩を借りていくのを見て……何か言わなければと思う。

「その……ありがと。あなたもすごいのね」

「ん、ああ、気にするな」

とっさに出たのはありきたりな言葉だった。それに対して彼は当たり前だとばかりに答える。本来ならば政治的な取引を行い多額の寄付が必要なくらいの治癒をやったのにだ……。

その姿は昔憧れた『聖王』を彷彿《ほうふつ》とさせ……エレインは自分の胸がどきどきとしているのを感じたのだった。


アーサーが目を覚ますと、真っ先にケイの笑顔が目に入った。

「おはようございます。アーサー様、よく眠れましたか？」

「ああ……ありがとう」

目を覚ますと、ケイの笑顔が見えてちょっとドキドキしてしまったアーサー。まさに思春期である。

「疲れがとれたようで何よりです。ちょっと失礼いたしますね」

そんな彼の心情に気づいていないのか、ケイはアーサーの体をおこすと、横になってできてしまった服のしわを伸ばして、櫛《くし》で彼の髪を整える。

窓から外を見るとすっかり日が落ちているようだ。長い間ケイの膝を借りてしまい大変だっただろうに彼女はそれを微塵《みじん》も感じさせずに微笑んだ。

「準備ができましたよ。では。宴会に行きましょう」

「そうだな……って、主役が寝ているのにもう始まっているのかよ……」

ここからでも騒いでいる声が聞こえてくる。まさか、俺よりもエレインを主役扱いしてやがるのか？　そう思い少しイラっとする。実に小物である。

拗《す》ねているアーサーを見て、ケイは優しく宥める。

「まあまあ、それだけ嬉しかったんですよ。それに、村の人々もアーサー様に感謝していると思いますよ」

「本当かね……あいつらは聖女様の方が好きなんじゃないか？」

「そんなことありませんって。それにここでしか食べられない極ウマ鳥の料理もあるそうですよ。私も楽しみなんです。行きま……」

ケイが喋っている途中で、くぅーと可愛らしい音が鳴り響く。アーサーではない。となると……彼女の顔を見ると、見事に真っ赤に染まっていた。

目が合うと彼女は自分の顔を手で覆いながら言い訳する。

「違うんです。これはですね……」

「俺なんて気にしないで先に宴会に行っていてよかったのに……」

「アーサー様が一生懸命頑張って休んでいるのに、そんな事できるはずないじゃないですか、だって、私はあなたの専属メイド《お姉ちゃん》なんですから」

「ケイ……」

そうだよ……彼女は牢獄に入れられた彼をずっと支えてくれていたくらい忠義を重んじるメイドなのだ。ケイにとってはこれが当たり前なのだ。

彼女の優しさを改めて実感して、アーサーは思わず涙を流しそうになる。それを誤魔化すように彼は軽口をたたく。

「待たせて悪かった。料理がなくなる前に行こうか、俺の専属メイドは腹ペコみたいだからな」

「あ、そこは触れないのが優しさですよ、アーサー様!!」

可愛らしく頬を膨らませる彼女に温かい気持ちになりながら、アーサーは部屋を後にする。だけど……彼には一つの不安があった。

それは前の人生での話だった。今回のように治療をして、同様に宴会に呼ばれたときの話である。彼が入った途端だった。場の空気が重くなったのである。

当時のアーサーにはわからなかったが、あれは彼らが自分に気を遣ったという事なのだろう。別に勝手に気を遣って委縮するのは気にしない。

だけど、宴会を楽しみにしているケイに気を遣わせるようなことになるとしたらいやだな……そんなことを思うのだった。

「おお、アーサー様だ!! 本当にありがとう!!」

「我が村のもう一人の救世主だぁぁぁ!!」

「こら、トリスタン、いつまで裸踊りをしているんだ!! アーサー様に汚物を見せるつもりか!!」

宴会が開かれているという村長の家に一歩踏み入れると、歓声が響く。

「は……?」

その様子にアーサーが、ポカンとしていると、隣のケイが「私の言った通りでしょう」とばかりに微笑んだ。

「これは一体……」

「いつまで、立っているのですか? 主役であるあなたが席に着かないと、宴会が再開できないでしょう？」

困惑しているアーサーにエレインが声をかける。

「こちらへどうぞ……別に嫌だったら他の席でもいいですが」

酔っているのだろうか、なぜか顔を赤くしているエレインが隣の席を指さす。少し言い方がきついのが気になるが、お言葉に甘える事にする。

決して、村人たちに歓声を上げられたり、ライバルであるエレインに主役と言われたのが嬉しかったというわけではない。

彼とケイが席に着くとすぐにコップにジュースが注がれるのを確認して村長が声を張り上げる。

「それでは村人と騎士様を救ってくださった救世主のアーサー様とエレイン様に乾杯!!」

「「乾杯!!」」

再び村人たちの歓声が響き渡る。こんな騒がしい状況がはじめてのアーサーはどうしていいかわからず、ジュースに口をつけて目を見開いた。

「なんだこれは……」

「市場で買った安物ですので、アーサー様のお口にあいませんでしたか？」

「いや、逆だよ。無茶苦茶美味《うま》いぞ。なんでだ……？」

これは決してアーサーが馬鹿舌というわけではない。アーサーが口にしたジュースは平民が好んで飲むようなものであり、彼の取り巻きの貴族がプレゼントしてくる果実をたっぷりと使った高級ジュースとは比べ物にならないくらい安い。

ならばなぜこんなにおいしく感じるのか……それは少し呆れた様子のエレインが説明してくれる。

「そりゃあ、みんなが楽しそうにしている場で、感謝されながらもらうのよ。普段よりも美味しいに決まっているでしょう？」

「そういうものなのか……っていうか、お前口調が全然違うな!!」

アーサーが来る前にすっかり飲まされたのか、エレインの美しい顔は紅潮しており、その瞳もどこか潤んでいてちょっと艶《なま》めかしい。

こいつ酒に弱いのか……？　と思っていると、彼の方に村人たちがやってきた。

「アーサー様、うちの息子を助けていただいてありがとうございます!!」

「しかも、アーサー様は毒に感染する恐れがあるというのに、気にせず治療をされたとか!!　さすがです。どうぞ、お飲みください!!」

「あ、ああ……」

アーサーはこういう風に直接感謝をされることには慣れていない。ましてや、今回は彼らを助けるためというよりも、エレインに自分の方が優れていると思わせるのが狙いだったのだ。

助けてくれ!!　と視線をケイに送るも彼女は、彼と村人たちを交互に見た後に「頑張ってください」とばかりにウインクをして、パクパクと鳥肉を食べ始めてしまった。

人見知りであるアーサーに慣れてもらうようにあえて、放置したのだ。それは獅子《しし》が子供を鍛えるために崖から落とすようなものである。決してだされた料理が美味しすぎたので、そちらに夢中というわけではない。

「こちら、我が村の特産の極ウマ鳥のソテーです。お食べください」

「このワインがこいつには合うんですよ」

「こっちの鳥刺しもお奨めですよ。この村の名物で鮮度の関係でここでしか食べられないんです!!」

「ああ、いただこう……」

観念したアーサーに、村人たちが感謝の気持ちを込めて色々なものを勧めてくる。その気安さはブリテンでは絶対味わえない物であり、前の人生でも無縁だった。

だけど、どこか悪くはないと思うアーサーだった。


アーサーに感謝の言葉を伝えたがっていた村人たちもようやく落ち着いたので、彼はようやくコップに残っていたワインを飲み干した。

今まで彼は酔って気分が良くなるということはなかった。彼の体質がアルコールも毒と判断してしまい即座に癒してしまうのである。だけど、今は不思議と良い気分だった。

「アーサー様、まだ食べられますか？　これとかお奨めですよ」

ずっと彼を見守ってくれていたのだろう。一息ついたタイミングでケイは鳥の刺身の盛られているお皿を目の前に置く。

「ありがとう、ケイ。だけど、ちょっと食べすぎじゃないか？」

お礼を言いながらも、助けてくれなかった仕返しとばかりに、アーサーが先ほどまでいたケイの席を指さす。そこにはいくつもの綺麗に食べ尽くされたお皿があった。作った人が見たら喜ぶであろう食べっぷりである。

「もう、女の子にそんな事を言っちゃだめですよ!!　ここの鳥が美味しいからしょうがないんです。ほら、アーサー様も食べてみてください。あーん」

「おい、みんなが見てるって……」

「そんな……アーサー様は私が食べたいのに我慢をしていた鳥刺しを食べてくださらないんですか……」

「いや、食べる食べるっての!!」

「えへへ、よかったです。はい、あーん」

酔っているせいかいつもより押しが強いケイに負けて、彼女が差し出したフォークにささっている鳥刺しを口に含む。

「おお、うまいな!!」

臭みもなく、噛めば噛むほど鳥肉の旨味があふれ出してくる鳥刺しにアーサーも夢中になる。

ちょっと食べすぎたかなと思うと、ケイも同じくらいひょいぱくひょいぱくしているのでまあいいかと思う事にした。

　彼が夢中で食べていると、服の袖が引っ張られた。

「アーサー皇子、こうするともっと美味しいわよ」

　なぜか睨むような顔をしているエレインが自分の皿にある赤い調味料がたっぷりとかけられた鳥刺しを差し出してくる。

　え？　なにこれ真っ赤なんだけど……。

「……私のは食べてくれないのかしら？」

「ああ……もらおう」

　なぜか上目づかいで皿を差し出してくるエレインにお前の施しなんぞ受けるものか!!　と普段だったら言うアーサーだったが、初めての宴会という事もあり、みんなの空気を壊したくなくて、珍しく空気を読んで口に含む。

「うぐぉぉぉ……」

　口に含むと同時に口から脳に駆け上がる痛み。そう痛みだった。今回の人生では未《いま》だ経験していない感覚。痛みである。

　この女……まさか、俺の治癒能力に反応をしない毒を作り出したというのか!!

　戦慄しながら、睨むようにエレインを見つめると、彼女はなぜか得意げに真っ赤な鳥刺しを口に含む。

「どう……美味しいでしょう？」

「な……」

当たり前のように毒物を口にするエレインを前に思わずうめき声をあげる。この女……舌がいかれてんのか？　と喉まで出かかった言葉を抑える。

これは勝負なのではないだろうか？　先ほど村人たちに感謝されまくった俺に嫉妬して、自分の得意分野で煽ってきているのだろう。アーサーはそう確信した。

俺だったらそうするからな。実に器の小さい男である。

「おかわりをもらおうか」

「へぇ、あなたもいける口なのね。実はエルフの里から送ってもらったもっと辛いのもあるのよ」

「うへぇ……」

エレインが得意げに取り出した紫色の粉末の入った瓶を見てアーサーは思わず情けない悲鳴をあげてしまった。

だけど……挑発するように微笑みながら食べるエレインに負けじとアーサーも毒物と化した鳥刺しを食べるのだった。

「ひどい目にあった……」

エレインが村長に呼ばれていったおかげで解放されたアーサーは、ようやく一息ついて水を飲む。

傷はすぐ癒えるので気のせいなのだが、まだ舌がひりひりしている気がする。

「うふふ、すっかりエレイン様と仲良くなられましたね」

「どう見たらそうなるんだ……」

「アーサー様はまだ女心がわからないようで……」

なぜかからかう様子のケイに疲れた声をあげたがクスクスと笑われてしまう。ちょっと拗ねつつもアーサーは鳥串を口にする。

ああ、やはり普通に食うのが一番うまい……。

その様子を見ていた村人の青年が話しかけてきた。

「アーサー様もお付の方も極ウマ鳥を気にいってくださったようで何よりです」

「ああ、すごい美味いな。ブリテンにも持って帰りたいくらいだ」

「ああ、それいいですね……でも、毎日出てきたら太っちゃいますね」

いや、さすがに毎日は食べないが……と思ったが、ケイが幸せそうな表情をしているので黙っておく。まあ、実際は傷みやすい鳥を他国に運ぶのは難しいので現実的ではないのだ。

だけど、彼女の気持ちもわかるアーサーだった。

「そこまで言ってくださって嬉しいですね。せっかくなので、森の主も食べてみて欲しかったのですが……」

「森の主だって？」

「はい、この森の奥には強力な毒をまき散らす鳥型の魔物がいるという噂があるのです。その魔物の毒を浄化して、調理すると、なんとも美味な味になるらしいと祖父が語っておりました」

「この鳥より美味しいだと……」

「信じられませんね、アーサー様」

アーサーとケイの目が輝く。正直極ウマ鳥の鳥刺しだけで、鳥の概念が変わったくらいなのだ。森の主とやらの味を想像するだけでよだれが出てきそうである。

「まあ、私も祖父から聞いただけですし、森の主も最近見ないので本当かどうかはわからないんですけどね」

酒の場の冗談ですよとばかりに「あっはっは」と笑っている村人の言葉は、考え事をしているアーサーの耳には既に入っていなかった。

村人が襲われた毒を持つ魔物……こいつはもしかして……。

彼の隣で幸せそうに鳥料理を楽しんでいるケイを見て、彼は一つの決意をするのだった。


宴会も一区切りしたタイミングで、エレインは別室で村長と話していた。今から話す内容は危機を乗り越えて一安心している村人たちにはとてもではないが、聞かせられないからだ。

「意識を取り戻した騎士たちが見たのは鳥の頭とドラゴンの体に、蛇の尾を持つ魔物で間違いはないのですね」

「はい、騎士様たちだけではなく、村人もそう証言しております」

村長の言葉にエレインはすーっと酔いが醒めていくのを感じた。想像しうる最悪の予想が当たってしまったからだ。

「エレイン様、魔物の正体は……」

「ええ……おそらく、五大害獣の一匹『毒沼の支配者コカトリス』の可能性が高いですね」

「五大害獣……しかも、『コカトリス』ですと!!」

村長が驚きの声を上げるのも無理はない。五大害獣……それはたった一匹で街一つ滅ぼすだけの力を持つ魔物に与えられる称号だ。

こんな村の戦力では戦いにもならないだろう。

「確か……この村には、昔、コカトリスが現れたことがありますね」

「はい、その記録はあります。ですが、確かに倒したはずです。当時の騎士様が死体を持ってきて討伐を証明してくださいましたから。だから、コカトリスが再び現れるなんてありえないんです」

村長は嘘であってくれとばかりに首を横に振る。彼もまた祖父から当時の恐ろしさを教わっているのだ。若い人間の中では、その話を茶化して、食べたら美味しかったなどというやつもいるが、冗談ではない。コカトリスのせいで村が滅びかけたのである。

「そうですね……私もその記録は見ました。確かに討伐はされたのでしょう。ですが、魔物の成長速度は様々です。卵が残っていたのかもしれません」

村長の希望的観測を打ち消すようにエレインは首を横に振る。そして、心配そうな顔をしている村長を励ますように微笑んだ。

「ご安心を……明日の朝早くにでも、コカトリスかどうか私が確かめに行ってきます。もしも、本当にコカトリスだった場合は、すぐに教会に救援を呼んで退治することを約束いたしましょう」

「おお……ありがとうございます、エレイン様!!」

涙を流して感謝を述べる村長に微笑みながらエレインの心の中は複雑だった。昔コカトリスを倒した時は精鋭の騎士たちとプリーストの部隊で挑んだにもかかわらず半分が帰らぬ人となった。大した被害が出ていない状況で教会が動くだろうか……。

それに、コカトリスを確認しにいく彼女の命だって、安全なわけではない。万が一コカトリスの毒に侵されればエレインとて無事では済まないのだ。それでも、頑張ろうと思えたのは一つだ。

アーサー皇子が自分の身をていして人を救ったっていうのに、私だけ安全なところでのうのうとしていられるものですか!!

そう、エレインは異国の少年に感化されたのだ。他国の民のために自分の安全を顧みぬ姿は彼女にとって絵本で読んだ『聖王』と重なって見えた。あんな人がいるのに自分だけくさっていてはいけないと、そう思ったのである。

「エレイン様、アーサー様にも救援を頼みますか？　お二人なら確実でしょう」

「そうですね……」

村長の言葉にエレインは思考する。アーサーの自分の身を顧みない高潔さから話を聞いたらついてきてくれるだろうとは思う。

だけど、そこまで他国の皇子である彼に頼ってしまっていいのだろうか？　これはあくまでグラストンベリーの問題なのだ。

「いえ、私だけで大丈夫です。あと、今回の件は教会で対処いたしますので、他言無用で願います」

「はっ、わかりました」

村長と最後にいくつか確認して、彼女は自分が借りている部屋へと戻る途中でアーサーの部屋の前を横切った。

アーサー皇子……私もあなたのように頑張ってみるわ。

彼の事を思い出して、胸が熱くなるのを感じる。宴会ではメイドと仲良さそうにしているのを見てモヤモヤして、変な絡み方をしてしまったが、嫌われてはいないだろうか？

だけど……彼がエルフの調味料を好んで食べてくれて嬉しかった。他の人間に勧めた時は拒否されてしまったが、彼だけは美味しそうにたくさん食べてくれたのだ。

もしも、私が無事帰ってこられて……手作りでお弁当とかつくったりしたら、一生作ってくれなんて言われちゃったりするのかしら……。

そんな妄想をしながら、エレインは明日に備えて眠りにつくのだった。

13話

五大害獣　コカトリス

THE FIVE DEADLY VERMIN: THE COCKATRICE

朝日がまぶしい早朝にアーサーは一人、動きやすい軽装に身を包んで村長の家から出た。今回は森の中に入るという事で、ケイには内緒だ。

ふふふ、極ウマ鳥よりも美味しい鳥肉を食べられるって言ったらケイは喜ぶだろうな。

鼻歌交じりで森を歩く。本来であれば、王族であり戦いの心得があまり無い人間が魔物の住む森に入るなんてことはありえないのだが、強力な治癒能力を持つアーサーは完全に自分の力を過信していた。

魔物に襲われてもダメージを負わないし、治癒すればいいだろ。程度の認識である。ここで彼の世間知らずが悪い意味で出てしまった。

「確か森の奥の湖で騎士たちは襲われたんだっけな……」

昨日の宴会で聞いた情報を参考にして、彼は森を歩く。五分ほど進んだ時だった。

ざわざわ。ざわざわ。

と周囲の木々が揺れているのに気づく。何かが彼を囲んでいるようだ。

「ゴッブゥゥ!!」

どこか間の抜けた鳴き声と共に姿を現したのは緑色の人型の魔物であるゴブリンだ。不格好な木製のこん棒を片手に五匹のゴブリンは警戒しながらもアーサーを囲む。

少しすばしっこいが、力は子供と大人の中間くらいであり、成人男性ならば一対一では負けはしない最弱の魔物である。

「ふははは、ゴブリンごときが俺の食への渇望を邪魔できると思うなよ!! あっぶね!!」

にやりと啖呵《たんか》を切ってからアーサーは慌てて飛んできた小石をよける。反撃をしようと剣を構えると途端に距離をとってきやがった。

やっべえ、冷静になったら俺って戦えるのか?

一応護身用に剣は持っているし、最低限は習った。だけど、ここ数年は訓練もしていない。森の主とやらはどうせ、鳥だから近付けばなんとかなるだろうと思ったが、こんな風に遠距離からいたぶってくるのは想定していなかった。

「ゴブッゴブ!!」

こちらの様子を見て煽ってくるゴブリン。ムカッと来たアーサーが強引にでも斬りかかろうとした時だった。ビューーッと風きり音を立てて、矢が一匹のゴブリンのこめかみに刺さった。

「ゴブゴッブ!?」

「なっ!?」

いきなりの攻撃に俺とゴブリンが声を上げて矢が飛んできた方向を見つめる。そこには竪琴《たてごと》のようなものを持った長身の青年が立っていた。

アーサーの護衛の一人トリスタンである。彼はまるで散歩でもするかのように穏やかな笑みを浮かべながらゆっくりと彼の元にやってくる。

「まったく、聖女様との密かな逢瀬《おうせ》かと思いきやゴブリン相手にじゃれ合っているとは……アーサー皇子、危険なところに行くときは護衛の私に一言いただけると嬉しいです」

「ゴブッ!!」

「私は今アーサー様とお話をしているのですよ」

彼が竪琴を引いた時だった。竪琴の先から矢が発射されて、四匹のゴブリンたちを射貫《いぬ》いた。

こいつこんなに強かったのかよ……。

アーサーが驚きの目で見つめていると、トリスタンが笑みを浮かべながらやってくる。その様子は普段と同じように見える。だけど、その目は何かを見極めようとして……。

それはアーサーの婚約者であるモルガンを彷彿とさせる。

「それで……アーサー様、なぜこんな危険なところにおひとりでいらっしゃるのですか?」

「それは……」

適当なことを言ってごまかそうとしたアーサーの脳裏に、前回の記憶が思い出される。モードレット率いる革命軍から逃げるときに戦ってくれた親衛隊の数はかなり少なかった。それは他人に興味を

持たなかったアーサーの人望のなせる業なのだが、今になって彼は思うのだ。

あの時もっと兵士たちと向き合っていたらどうなっていただろうか？

きっともっと多くの人数が彼のために戦ってくれていたのではないだろうか？　それに、善行ポイントはマリアンヌたちからの評価が上がった時ももらえていた。

彼に今から良いことをすると思わせれば善行ポイントは、より上がりやすくなりギロチンから逃げることができるにちがいない。そう思って必死にトリスタンが納得できる理由を探す。

どこまでも自分のことしか考えていない男である。

「……アーサー様？」

「森の主……倒して……」

森の主を倒して、みんなで食べるため!!　じゃだめだよな……「そんなのは狩人の仕事ですよ」と呆れられることくらい彼にだってわかる。本当はケイと二人で食べるつもりだったのでアーサー的には十分妥協しているのだが……。

考えろアーサー!!　俺は皇子だぞ!!

必死に頭を回転させるが、彼の英知（自称）はなんの考えももたらしてくれなかった。

「アーサー様……森の主を倒すというのは本気なのですか？」

「ん……ああ、そのつもりだが……トリスタン!?」

アーサーが驚くのも無理はない。トリスタンは突然彼にひざまずいて礼をしたのだ。それは騎士が忠誠を誓うという意味を持っており、軽々しくするものではない。

「あの宴会での話を聞いて、森の奥にいるであろう、今回の騒動の原因となった森の主を倒すつもりなのですね!!　民衆を思うその気持ちにトリスタン感激です!!」

「ああ、そうだな……」

「しかも、それだけではないでしょう?」

なんか勘違いをしているので適当に話を合わせようとしたアーサーだったが、トリスタンの意味深な笑みに冷や汗を流す。

やっべえ、主を食べてみたいだけってばれたか?

「誰にも言わなかったのは、先に行った聖女様を心配してなのでしょう?　もしも、聖女様があなたに助けられたとなれば教会の権威に傷がついてしまいますからね!!」

「いや、違うが……」

あいつも行っているのかよ、先に倒されたら俺の方が下だと思われる!!

「ふふ、恥ずかしがらなくても大丈夫ですよ。このトリスタン、口の堅さには定評があります。何よりも、美しきエルフの聖女を救うために強力な魔物と戦う……まさに英雄的!!　喜んで手を貸しましょう!!」

アーサーの焦った顔を何かかんちがいしたらしく、わかっていますよとばかりにトリスタンがウインクをする。何もわかっていないのだが……何はともあれトリスタンが仲間になった。

「いいから行くぞ。先を越されるわけにはいかないからな!!」

そうして、彼らは森の主の元へと急ぐのだった。


しばらく、トリスタンと共に森の奥へと向かっていると、あたりにゴブリンの死体が転がっている。何者かが倒したのだろう。

死体にかけよったトリスタンはゴブリンを観察して一言つぶやく。

「まだ、痙攣《けいれん》していますね……この先で誰かが戦っているようですよ。私から離れないでくださいね」

「ああ、わかった」

彼の言葉通り、しばらく進むとゴブリンと何者かの言い争うような声が聞こえてきた。急いで向かった先は、森が開けており、遠くに湖が見える。

そこでは、エレインとゴブリンが対峙《たいじ》していた。

「トリスタン!!」

「いえ、大丈夫そうですよ。攻撃的な聖女というのも美しい……」

アーサーが援護を命じるがなぜか弓を構える様子はない。その理由はすぐにわかった。

エレインは襲ってきたゴブリンの一撃を躱《かわ》すと、そのまますれ違いざまに、メイスでゴブリンの頭を叩き潰す。

血と共に脳漿《のうしょう》が飛び散っているのが見える。

「いや、あの女、無茶苦茶強いな!!」

鮮やかにゴブリンを始末する姿を見て、ちょっとビビるアーサー。一瞬だが対抗心よりも恐怖心が勝ってくるのであった。

「アーサー皇子!?　なんでこんなところに……まさか……私を心配して……」

彼の情けない叫び声でこちらに気づいたエレインは驚きで目を見開いたあとに、何かを勘違いしたのか頬を赤らめて微笑む。

これが街中ならば、可愛らしく見えるのだが、森の中で、しかも、ゴブリンの返り血と脳漿のついたメイスを手にしていることもあり、なんとも言えない迫力があった。

気分は殺人鬼の殺人現場に出会ってしまった感じである。

この女……こっちを見て笑ってやがる。邪魔をしたら次は俺をこうするって事なのか……?

挑発されたと感じ冷や汗を流すアーサーだったが、泉の方を見て思わず表情が固まる。

「アーサー皇子……救援は嬉しいですが、これは我が国の問題です。この先にいるのは五大害獣『コカトリス』であり、あなたでも身の危険が……」

「いいからさっさと倒すぞ!!　ああ、鳥がぁぁぁ!?」

「アーサー様!?」

軽く咳ばらいをしたエレインが何かを言っているがアーサーの耳には入らなかった。彼の目に映ったのは毒沼と化した湖の中心にいる森の主らしき、鳥の頭を持ち、胴と翼はドラゴン、尾は蛇の魔物であった。

そして、周りには森の主の毒にやられたであろう、極ウマ鳥たちが泉の上にぷかぷかと浮いていたのだ。

ケイがあんなに嬉しそうに食べていたんだぞ。俺たちがお土産としてもらうんだよ!? なのに、こいつ……なんてことを!?

これ以上極ウマ鳥がやられてはたまらないと駆け出すアーサー。

「まさか……私を助けるために……、大丈夫よ。アーサー皇子!? 私はあくまで偵察に……」

「これ以上近づくのは危険です、アーサー様!? そんな、私の矢が!!」

何かを勘違いしたエレインの制止を振り切り、焦ったトリスタンがコカトリスを矢で射貫くが……矢はコカトリスに近付く前に腐っていく。

これが五大害獣コカトリスの毒である。ただ近付くだけで全てを殺す。かつて都市一つ滅ぼした五大害獣は伊達ではない。

この化け物を倒すのならば遠距離から強力な魔法で倒すか、その強力な毒を全て無効化した上で攻撃をするしかないのである。

「クエェェ!!」

怒りに身を任せて駆け出してくるアーサーを見て、コカトリスは愚かな獲物がやってきたとばかりに嘲るように鳴き声をあげる。

普通の人間であれば、足を踏み入れるだけで致死量の毒により息絶える沼地で死んでいるはずだった。しかし、治癒能力に絶対の自信を持つアーサーは気にせずに走り続ける。

実情はともかく、自らの身を顧みずに毒沼地に入り五大害獣と相対するアーサーの姿はエレインとトリスタンには英雄のように見えた。

「ふははは、もう少しだぞ、クソ鳥が!!」

「クエエエ!?」

威勢の良い掛け声とともに常人ならば即死するはずの毒沼に入ってきたアーサーにコカトリスが驚愕の鳴き声を上げる。

それも無理はない。それは本来ならばありえない光景なのである。もとは湖だった毒沼の水はもはや完全にコカトリスの血によって支配されて猛毒の水と化していた。

本来ならばコカトリス以外の生き物は入るだけで息絶えるのである。現に毒沼に踏み入れた彼の足はじゅわっという音をたて、靴が溶ける。

だが、アーサーはそれに気づいてすらいない。

アーサーの今の状況を説明するとこんな感じだ。

アーサーは毒に侵された。即座に浄化した。アーサーは毒に侵された。即座に浄化した。それを一秒に五回ほど繰り返しているのである。まさにチートである。

「クエェェ!?」

「すごい……あれだけの毒を受けてなんともないっていうの……？　ありえない……それに大丈夫だからってあんな毒の沼地に躊躇なく入り込むなんて……これが聖王の後継者なのね……」

「なんと、あの猛毒の中を勇敢に突き進むとは……これがアーサー様のお力……そして、器なのか……まさに英雄的!!」

想像もしなかった光景への驚きから、やがてその表情が恐怖に染まっていくコカトリスと、勝手にぐんぐんアーサーの評価をあげるエレインとトリスタン。

もちろん、アーサーは何も考えていないだけなのだが、エレインたちにそんなことはわからない。

「クエエエ!!」

「うおおおおお」

それは想像外の生き物にパニックに陥ったコカトリスの反射的な行動だった。

本来は攻撃手段ではない蛇の尾がアーサーの足を払った結果、走っていたアーサーは凄《すさ》まじい勢いのままコカトリスにつっこんでいくことになり、何かをつかもうとしたその手が、偶然尻尾の根元をつかんだ。

ぶっちゃけコカトリスが逃げ出せば身体能力は常人に過ぎないアーサーでは追いつけないのだが、毒沼を躊躇なく走ってくる彼に、コカトリスが本能的な恐怖を感じ混乱したのである。

「なんかよくわからんけど浄化ぁぁぁぁぁ!!」

そして、一度つかんでしまえばあとはアーサーの得意分野である。とりあえず毒だから浄化すればいいだろという精神の元、コカトリスの全身を治癒の光が包みその毒が消えていく。

「クエエエエ!?」

「ふはははは、お前ごときが俺に勝てると思ったのか!! あとで美味しく食べてやるからな!!」

コカトリスはなんとか振りほどこうと暴れるが徐々にその勢いが弱っていく。力の源である毒が消えていき苦しんでいるのである。それは人間で例えるならば血液を水にするようなものだ。このまま何もしなければコカトリスの体は正常ではなくなり息絶えるだろう。

なんとか体内の毒を復活させようと毒沼にコカトリスが顔を突っ込もうとした時だった。

「アーサー、あなたにばっかり辛い想《おも》いはさせないわ!! 浄化!!」

アーサーが勝利を確信していると、エレインまで浄化を始める。その範囲は彼のものよりも広く、湖の水ごと浄化されていく。

エレインがコカトリスの回復を防いだのである。

くっそ、この女……俺だけに手柄を立てさせないつもりだな!!

だけど、そんなことに一切気づいていないアーサーが睨みつけると、エレインはやりとげたとばかりに満面の笑みで頷いた。悲しいすれ違いである。

エレインが湖を浄化し、アーサーがコカトリスを浄化することによって、あたりに漂っていた毒がどんどん弱くなっていき……。

「今ですね!!」

「くぇぇぇぇぇぇ……」

毒の影響がなくなったタイミングを見計らいトリスタンの矢が、コカトリスの眉間を見事貫いたのだ。痙攣していたコカトリスは徐々に動きが鈍くなっていき、やがて、動かなくなった。

「よくやった、トリスタン!! ふははは、俺の勝ちのようだな!! 『私なんかよりアーサー様の方が優秀です』と……ぐぇぇぇ!!」

部下の手柄は俺の手柄というジャイアニズムを持っているアーサーである。これで、この女も負けを認めただろうと、勝ち誇った顔で、エレインに対して笑いかけると、衝撃と共に、柔らかいものに包まれる。

なんと、エレインがアーサーに飛びつくようにして抱きついたのである。むろんひ弱なアーサーではその衝撃を支えることができずにばっしゃんと泉の中で倒れこむ。

「あんなところにつっ込むなんて何を考えているのよ!! いくらあんたでも死んじゃうかもしれないのよ!!」

文句を言おうとするアーサーだったが、やたらと必死の形相のエレインに思わずビビる。

こいつ俺に負けたのが悔しかった……というわけではなさそうだな? どちらかというとケイがかつて向けてくれた心配という感情のような気がする……。

前の人生の思い出し、つい、強く言えなくなってしまったアーサー。

「なんだかしらんが、俺がこの程度の毒で死ぬはずがないだろう……」

「だからって……こんな無茶をする必要はないでしょうが!! あんたが勇敢で優しくてすごい人だっていうことはわかっている!! だけど、あんたが死んだりしたら悲しむ人だっているのよ!! 無事で本当によかった……」

「うぐぐ……」

力強く抱き締められて、柔らかいものに包まれて息ができなくなる。

この女……負けを認めないからって俺を殺すつもりか!? ふざけんな!! って、力つよ!!

必死に引き離そうとするが、微動だにしない。痛みは感じないが窒息したらどうなるんだかと思っていると、からかうようなトリスタンの言葉が聞こえてきた。

「ふふ、聖女様は積極的なようですね。実にうらやましい……新たな英雄の誕生を喜ぶのもよいですが、とりあえずはコカトリスの後処理をするのが先決では？」

「え……？ なっ、別にそういうんじゃないわよ」

「ごはぁ……やっと息ができる」

ぱっと、アーサーから距離を取るエレイン。アーサーがぜぇぜぇと息を整えていると視線を感じた。

エレインはなぜか彼を睨んで顔を真っ赤にしながらこう言った。

「べ、べつにあんたの事なんか好きじゃないんだからね!!」

そんなん知ってるわ!!　そう思いながら息を整えるのだった。だけど、二人に英雄と呼ばれ不思議と胸がポカポカと温かくなったのだった。

♛

一人でコカトリスの捜索をしていたエレインはこちらを襲ってくるゴブリンを倒しながらも焦りを隠せないでいた。

「五大害獣……強いとは聞いていたけど、ここまでの毒を持っているなんて……」

目の前のコカトリスは、ただ、水浴びをしているだけで、湖を毒沼にしてしまったのだ。湖に水を飲みに来ていた極ウマ鳥やゴブリンはその水に触れただけで息絶えてしまっている。ひどいものに至ってはドロドロに溶けて毒沼の一部にすらなってしまっているのだ。

そして……聖女である彼女ですら、コカトリスどころか、これ以上毒沼に近づくことができなかった。

「いや、あの女、無茶苦茶強いな!!」

絶体絶命の中、背後から聞こえてきた声に振り向くと、そこにはアーサーと、護衛の騎士がこちらにやってくるのが見えた。

なんで彼がこんなところに……と聞きそうになって察する。

心優しき彼の事だ。このままでは村人たちが安心できないだろうと、コカトリスを退治しに来てくれたのだろうか？　それとも……私が一人で偵察に行ったのに気づいて助けに来てくれたとか……。

そう思うと、エレインは自分の顔が熱くなってくるのを感じ、嬉しさのあまりそんな場合ではないというのに思わず笑みがこぼれる。

だけど……だめよ、エレイン。これ以上アーサー様に迷惑はかけられないわ。

浮かれそうになる自分に必死に言い聞かせる。

彼は心優しいけれど、他国の王族で……これはグラストンベリーの問題なのだ。私たちが解決すべき問題なのだ。

「アーサー皇子……救援は嬉しいですが、これは我が国の問題です。この先にいるのは五大害獣『コカトリス』であり、あなたでも身の危険が……」

「いいからさっさと倒すぞ!!　ああ、鳥がぁぁぁ!!」

しかし、彼女の制止を無視してアーサーがすさまじい勢いでこちらへと駆けだしてきた。鳥？　まさか、コカトリスが何か攻撃を仕掛けてきたのだろうか？

慌てて振り向くもコカトリスが何かをした様子はない。まさか、アーサーが無効化したのだろうか？　そんなこと思っているとその隙をつくかのように彼はエレインとすれ違い、そのままコカトリスのいる沼地へと足を踏み入れる。

「これ以上近づくのは危険です、アーサー様!!　そんな、私の矢が!?」

護衛の放った矢は毒で即座に腐り、湖に踏み入れた彼の足は嫌な音を立てて、溶けだす……はずだった。

だけど、アーサーは何事もなかったかのようにそのままコカトリスの方へ走っていくではないか？

まさか、毒に侵されると同時に癒しているの？　どれだけの治癒能力なのよ!!

それは、『グラストンベリー』の聖女と呼ばれる彼女ですら信じられないほどの荒業だった。しかも、いくら治癒できるとはいえあんな真っ暗な液体の禍々《まがまが》しい毒沼に入るなんて普通の人間ではできない。仮に浄化できるとわかっていても本能的に嫌なはずである。

それなのに一切の躊躇もなく入れるのは勇気があり、人を助けることを何よりも大事にしている聖人か、ただの馬鹿だろう。

もちろん、アーサーは前者だとエレインは確信する。

「クエエエエ!!」

「うおおおおお」

毒沼を気にせずに突っ込んでくるアーサーに恐れをなしたのか、コカトリスが逃げようとでもしたのか、鳴き声と共に変な動きをした時だった。

彼は逃がすまいととびかかり、そのしっぽの尾をつかむと、浄化を始める。

すごい……これがアーサー皇子なの……私だって!!

アーサーのおかげか周囲の毒が弱まった気がする。これなら……と自分に活を入れてエレインは毒沼に近づいて浄化の魔法を使う。

彼女はアーサーほど強力な治癒能力は持っていない。だけど範囲の広さならば彼すらも凌駕《りょうが》する。

コカトリスが毒を飲んで回復するのを邪魔することはできるはずである。

「毒沼全体を浄化すればサポートになるはず!!」

アーサーのためにと必死に浄化をしていると彼がこちらを見つめているのに気づく。エレインは任せてとばかりにうなずいた。

そして、全力で治癒魔法を使う。こんなにもすがすがしい気持ちで使ったのはいつぶりだろうか？打算もなく、ただ人を救おうとする彼をサポートするのは……自分のあこがれていた聖女像と重なって胸が高鳴った。

「今ですね!!」

「くぇぇぇぇぇぇ……」

二人の浄化によって、コカトリスの毒が弱まったのを見極めた護衛の騎士の一撃がコカトリスの眉間に突き刺さり、ぴくぴくと痙攣した後に力なく倒れるのが見えた。

「たった三人でコカトリスを倒した……」

信じられない出来事に、エレインは半信半疑でつぶやく。だって、本来は教会の騎士たちとプリーストをなん十人も引き連れて勝てる相手なのだ。

しかも、なん人もの犠牲を出したうえで、最悪この村はあきらめなければ勝てない……そんな相手にあっさりと勝ってしまったのだ。無理もないだろう。

そして、この勝利の理由は誰よりもエレインがわかっていた。

「よくやった、トリスタン!! ふははは、俺の勝ちのようだな!! 『私なんかよりアーサー様の方が優秀です』と……ぐぇぇぇ!!」

気づいたら駆け寄ってコカトリスの死体を指さしながら何かを言っているアーサーを抱きしめていた。彼が来てくれて心強かった。そして、彼のおかげで、勝つことができた。

だけど、文句はある。

「あんなところにつっ込むなんて何を考えているのよ!! いくらあんたでも死んじゃうかもしれないのよ!!」

村を守るためとはいえ自分の命を大事にしないそのやりかたに思わずきついい方になってしまう。

「なんだかしらんが、俺がこの程度の毒で死ぬはずがないだろう……」

「だからって……こんな無茶をする必要はないでしょうが!! あんたが勇敢で優しくてすごい人だっていうことはわかっている!! だけど、あんたが死んだりしたら悲しむ人だっているのよ!! 無事で本当によかった……」

アーサーは危うい……他人のために簡単に命をかけられてしまう。まるで昔あこがれた『聖王』そのもののような彼がどこかに行かないように必死に抱きしめる。

「ふふ、聖女様は積極的なようですね。実にうらやましい……新たな英雄の誕生を喜ぶのもよいですが、とりあえずはコカトリスの後処理をするのが先決では？」

「え……？　なっ、別にそういうんじゃないわよ」

エレインは護衛の騎士の言葉で自分がどれだけ恥ずかしいことをしていたのか正気に戻り慌ててアーサーと距離をとった。

だけど、彼の言葉で自分の気持ちに気づいてしまった。昔憧れた聖王そっくりのアーサーに自分が好意を抱いてしまっていることを……。

そして、羞恥のあまり、自分の気持ちと正反対のことを言ってしまうのだった。

「べ、べつにあんたの事なんか好きじゃないんだからね!!」

そうして、コカトリス騒動は終わりをむかえるのだった。

14話 心優しき英雄アーサー

ARTHUR, A KIND-HEARTED HERO

森の主を倒したアーサーとエレイン、ついでにトリスタンがコカトリスの死体をもって帰ると、村長にすごく驚かれた後、村人に再び感謝されまくった。

また、宴会が始まりそうになったのだが、森の主は珍しい魔物だったらしく、エレインが教会に報告をしに戻らなければいけないということと、アーサーもそろそろブリテンに帰らなければいけないので、お土産をもらって帰還することにしたのだ。

「まさか森の主があんな味だったなんてな……」

「噂はあくまで噂でしたね……ですが、極ウマ鳥の干し肉をお土産としていただけましたしブリテンに帰ってからも楽しみです」

アーサーとケイはげんなりとした顔でため息をついた。村人に頼んでこっそりコカトリスの肉を食べさせてもらったが、ゴムのような触感と無味無臭でなんとも言えない味だったのだ。

まあ、冷静に考えたらあんな毒だらけの魔物がうまいわけないよな……。

「それにしても、アーサー様たちが森の主を倒した時はみんな喜んでいましたね。みなさんはアーサー様とエレイン様を英雄だーって讃えていて、聞いている私も嬉しくなっちゃいました」

「ああ、大した強さじゃなかったが、森にあれだけ毒をまき散らしていたからな……村人からしたら、いい迷惑だっただろうよ」

相性がよかったこともあり、苦戦していないためかコカトリスの恐ろしさをいまいちわかっていないアーサーだった。

「そうだ、エレインと一緒に森の浄化もしておいたんだ。これからも極ウマ鳥は食べられるぞ。よかったな」

「はい、さすがです、アーサー様。お優しくて、私も専属メイドとして姉《おねえちゃん》鼻が高いです」

「ふふ、ケイは本当に極ウマ鳥が好きだなぁ……」

喜んでいるケイに苦笑するアーサーだが、なぜかケイは首を横にふった。

「違いますよアーサー様、そりゃあ、極ウマ鳥がまた食べられるというのは嬉しいですけど、私が喜んでいるのは他の国の方もアーサー様のことを素晴らしい方だとわかってくれたからです。それが本当に嬉しいんです」

「ケイ……本当にお前は……」

自分のことのように喜んでくれている彼女を見て、思わず目頭が熱くなるのを感じる。そして、アーサーも、村人たちにお礼を言われて、まんざらでもない気持ちになっているのを自覚していた。

貴族たちを癒していた時には感じなかった胸の温かさ……これは俺も嬉しいってことなのか？

かつてモルガンに言われた『他人の言いなりになっているだけでなく、自分で考えて行動をしなさい』の意味がわかってくる。そりゃあ、ケイに美味しいものを食べさせたいという気持ちがほとんどだった。だけど、心の片隅では村人たちを心配していた思いも本当にちょびっとだがあったのだ。

「私の気持ちが伝わってよかったです。ただ、一つだけ注意させてください」

「ん、なんだ？」

先ほどまでの笑みを消してケイが真剣な顔でこちらをみつめてくる。その様子にアーサーは思わず冷や汗をかく。

何かやってしまったのだろうか？

「アーサー様がすぐれた治癒能力を持っていて誰にでも優しい人だというのはわかっています」

「あ、ああ……」

別に俺は優しくなんかないぞと言おうとしたが、いつにない真面目な様子のケイに思わずうなずく。アーサー。最近ちょっとだけだが空気を読めるようになってきたのである。

「ですが、ご自分の身のこともお考え下さい。それと、どこかに行くときは私にも一言お声をかけてください。私は確かに戦うことはできません。そこは護衛の騎士さんに任せます。でも、どこかに出発するあなたの帰りを待つのも私の仕事なんです。朝起きたときにアーサー様がいらっしゃらなくてすごく心配したんですよ……」

「ケイ……ごめん……俺はお前を喜ばそうと……うおお」

彼は最後まで言う事は出来なかった。なぜなら彼女に抱き寄せられて、その頭を胸に押し付けられたからだ。

「あなたが私や村人のために頑張ったっていう事はわかっています。でも、私があなたを心配しているってことも知っていただけると嬉しいです」

「ああ、わかった。今度からはお前に黙っては行かないよ」

「ありがとうございます。アーサー様はいい子ですね」

アーサーの言葉に嬉しそうに微笑んで彼の頭をなでながら抱きしめる。アーサーももう慣れたもので彼女にされるがままにしていた。

エレインが見たら発狂しそうな光景だったが幸い誰もつっこみをいれる人間はいない。


「エレインお疲れ様!! 村人を救うだけでなく、コカトリスまで倒すとは……さすがね」

エレインの話を聞いたヘレネーは興奮した様子でほめたたえる。教会に戻った彼女は今回村で起きたことを報告していたのである。五大害獣の一匹であるコカトリスとの戦いは大きな話題になっており、エレインの聖女としての立場をより確かなものにするであろう。だけど、エレインはそんなことはどうでもよかった。

「いえ、私はアーサー皇子の補佐をしただけよ。自分の身をかえりみず他国の民を救う。あの方はまるで『聖王』様みたいだったわ」

どこか熱を帯びた表情をしているエレインにヘレネーは感動する。エレインの『聖王』へのあこがれは本物だ。度を越しているともいえる。

それなのに、彼女がアーサーを聖王のようだと言ったのだ。アーサー皇子はあまり良い噂は聞いていなかったが本当はできた人間なのだろう。エレインを幼馴染として見守ってきたヘレネーは確信する。

「それで……次にアーサー皇子とお会いできるのはいつかしら？」

「まさか……」

もじもじした様子で質問をするエレインにヘレネーは思わず笑みをこぼす。どうやら彼は民を救うだけでなく、エレインの心を奪っていたようだ。

これまでつまらなそうに生きていた彼女を見ていたヘレネーは嬉しく思う。

「そうね……近いうちにまた会食を設定しましょうか」

「ええ……その時はお土産にエルフの香辛料をたっぷりまぶした極ウマ鳥を御馳走するのはどうかしら。彼の大好物みたいなの。それと……」

一言区切ってはずかしそうにこう言った。

「今度料理をおしえてくれないかしら？」

「任せて。エレイン」

次の会食でアーサーがとびっきりの激辛料理を食べさせられるのが決まった瞬間であった。そして、エレインはさっそく次に会う機会をつくるためにアーサーに手紙をおくることにしたのだった。


グラストンベリーに帰ったエレインはコカトリス討伐の褒美というわけではないが、特別に休暇をもらったので、平民たちを治療するために彼らが住んでいる居住区へと足を運んでいた。

要するにボランティアである。

教会の命令ではなく、困っている人たちを癒すのは彼女の日課であり、自分に課した使命のようなものだった。自分が頑張っているのを見て、他のプリーストも真似をしてくれないかと思っていたが、相も変わらずやっているのは彼女だけだった。その状況に絶望していた彼女だったが……。

なんでかしら……今日は気分がいいわね。

変わらぬ現状に最近はいつしかおっくうになっていたエレインだが不思議と今日は足が軽かった。

「ああ、聖女様。今日もいらしてくださったのですね」

「いつもありがとうございます。この子を見てくださいますか？　熱がひどくて……」

エレインが来ると彼女を待っていた平民たちがやってくる。病気の子供を心配している母親に、作業中に怪我をした作業員や、魔物と戦って負傷した冒険者までいる。

「申し訳ありませんが、子供を優先させてもらいますね、皆さん順番に並んでください」

彼らの症状を観察しながらエレインが列を作るよう指示するとみんな大人しく従っていく。

彼らはすぐに治療をしなくても命に別状はないので、教会は後回しにする。だけど、彼らにも生活があるのだ。一刻も早く治さねば日常生活に支障が出る。だから、みんなこうして癒してくれるエレインに感謝しているのだ。

「聖女様体が楽になったよ。ありがとー」

「エレイン様ありがとうございます。おかげで子供の熱が下がりました。その……お礼といってはなんですがこれをお受け取りください」

「もう……お礼なんていらないって言っているじゃないですか」

母親が差し出したのはサンドイッチである。どこからかエレインが極ウマ鳥が好きと聞いたのだろう。野菜と共に分厚いお肉がはさまっている。

「ですが……ありがとうございます。ちょうどおなかがすいていたので助かります」

あらかたの治癒も終わり、小腹も空《す》いていたので、遠慮なくいただくことにする。一口かみしめるとやわらかいお肉から、極ウマ鳥独特の旨味があふれ出してくる。

美味しいけど、何か物足りない……。

エレインは服のポケットからいつもの調味料を取り出して振りかけると、サンドイッチの具が真っ赤に染まっていく。

やっぱりこれよね……。

エレインが鳥肉だけでなくパンも赤く染まったサンドイッチを見て満足げに頷いていると、視線を感じる。

先ほど治療した子供が、じっとサンドイッチを見ているのだ。

「おなかが空いたんですか？　よかったら食べますか？」

親切心で差し出すと子供は予想外の反応を示した。なぜか顔をしかめて母親に泣きついたのだ。

「うわぁ、なんか目が痛くなってきたよう。むっちゃ辛そう。聖女様の味覚がおかしいって本当だったんだ」

「こら、失礼なことを言わないの。真実は時として人を傷つけるのよ」

「え……」

子供は素直である。周りも咎めるというよりも苦笑している。

あれ、もしかして私って味覚のおかしい聖女ってみんなに思われていたの？

「申し訳ありません、聖女様……その……うちの子がおかしなことを言ってしまって……」

「べ、べつに大丈夫ですよ。これはエルフが好む味ですからね。人には合わないのかもしれません」

衝撃の事実にちょっと傷つきながらも、エレインは笑顔を作って答える。

アーサー皇子は美味しそうに食べてくれたのに……。

決して美味しそうに食べてはいなかったのだが、酔っていたこともあり認識がバグっていたエレインは今頃ブリテンに帰還している彼を思い出して、ちょっと寂しく思う。

「ですが、エレイン様今日は機嫌がよいようですね。なにかあったのですか？」

「そうそう、いつもは時々つまらなそうな顔をするのに、なんか今日は笑顔が多いもん」

「え……」

自分でも気づかなかった変化を指摘され、少し考えるとすぐに答えはわかった。

「うふふ、そうですね。私にも改めて目標ができたんです。そのためにもっとがんばらなくちゃって思って……」

エレインは満面の笑みを浮かべてブリテンの方を見つめる。

それは希望を持ったからである。そう……『聖王』の意思を継ぐアーサーという希望を……。

アーサー皇子……私もあなたのように頑張って見せるわ。一緒にこの世界を良くしましょう。次に会うときは聖女の名にふさわしい女になっているから楽しみにしていてね。

完全なる勘違いなのだが、エレインが新たな目標をもったことによって未来にわずかな変化が起きる。そう、近い未来の話、五大害獣を倒すという規格外の成果をあげた後もなお、ボランティアを続ける姿に感動したプリーストが、手伝いに来るようになるのである。そして、その数はまた一人また一人と増えていくのだった。間違いなく未来が変わったのだった。

今回の遠征ではいろいろな経験をしたものだ。聖女に実力の違いもわからせてやったし、しばらくは味覚がいかれた聖女とも会うことはないだろう……アーサーはそんなことを思いながら、ケイに膝枕をされて休むのだった。

この後ブリテンに帰還したアーサーを満面の笑みで出迎えたモルガンによって、教会との関係性をより深めるために、年に一度の交流会が月に一度に変わったと伝えられ、毎回激辛料理を持ってくるエレインに頭を抱えることになるのだがそれはまた別の話である。

城について馬車から降りたアーサーを待っていたのは不気味な笑みを浮かべているモルガンだった。

「アーサー皇子お疲れさま。ずいぶんと派手に治療をしたようね」

「ああ、俺の治癒能力をわからせてやったぞ」

これは怒っているのか……？　と少し緊張しながらアーサーは返事をする。やはり他国の民を勝手に治療したのはまずかったか？　どう言い訳をする？

彼の脳裏をよぎるのは前の人生で頻繁にあったお説教タイムである。『おなかが痛いからトイレに行く』と言って逃げるか……と考え駆け出そうとした時だった。

「さっそくお礼の手紙が来ていたわ。聖女様はあなたのことを褒めていたわよ。さすがね。アーサー皇子。これで教会はあなたの味方をしてくれるでしょう。あなたの計画通りね」

「あ、ああ……」

どうやら怒っているわけではないらしいとほっと胸をなでおろす。

こいつ怒っている時も褒める時も笑っているからよくわからないんだよな……てか、俺の計画ってなんだろう？

聞いたらなんかめんどうなことになりそうだからと適当に頷くことにするアーサー。

そして、褒められていると知ったアーサーはもちろん調子に乗る。前の人生のこともありモルガンにはマウントを取れる時には常に取るようにしているのである。

「ああ、そいつらを助けただけじゃない。村の近くにコカトリスとかいう魔物もいたからな。ついでに倒してやったぞ。なんか変な毒をもっていたが俺の相手じゃ……」

「はぁぁぁぁ――――？　コカトリスですって!!　五大害獣の一匹じゃない!!　そんな化け物と戦ったっていうの!?」

「うおおおおお!?」

いきなり大声をあげたモルガンにびびるアーサー。この女情緒不安定すぎないか？　と若干引いていると助け船がやってきた。

「落ち着いてください。モルガン様。アーサー様は単身でコカトリスの様子を見に行った聖女さまを助けに行ったのです。危機に陥っていた聖女様を助けるその姿はまさに英雄のようでした」

ぽろろん――♪　とまるで英雄譚《たん》を歌う詩人のように竪琴を鳴らしながら歩いてきたのはトリスタンである。

あの武器は楽器としても使えるようだ。無駄にすごい。

「なるほど……聖女に貸しをつくるために戦ったってことなのね……でも、アーサー皇子、あまり無理はしないで。あなたの肩にはこの国の未来がかかっているのよ」

納得したとばかりに頷いた後にモルガンはへらへらとしているトリスタンを睨みつける。

「アーサー皇子の身に危険が降りかからないように護衛としてあなたをつけたのに、なんで彼が戦っているのよ」

「これはこれはお厳しい。ですが、私にはコカトリスの相手は荷が重すぎました……それにアーサー様はコカトリスごとき敵ではないとわかっていたから戦いに行ったのです。そうでしょう?」

「ああ、もちろんだ」

これ幸いと頷くアーサー。もちろん魔物の正体なんてしらないし、たんに美味しいと聞いていたので倒しに行っただけなのだが、とりあえず空気を読む。そんなことよりももっと大事なことがあった。

こいつモルガンの部下だったのかよぉぉぉぉぉぉ!?

屋台で買い食いとかいろいろとやらかした気がする。余計なことを言うなよ、と睨みつけるとトリスタンはわかったとばかりに頷いた。

「ご安心をアーサー様。あなたが聖女様の豊満な胸に顔を押し付けられデレデレしていたことは誰にも言いませんよ」

「……は?」

「いや、デレデレなんてしてないが……」

こいつは何を言っているんだと冷めた表情で返すアーサー。なぜかモルガンが間の抜けた声を上げていたが気にしない。

まあ、これ以上ここにいても面倒なことになるだけだと思いさっさと自室へ戻ることにしたアーサーだったが、最後に一つだけ言うべきことを思い出す。

「なあ、モルガン……」

「なにかしら……？」

なぜか不機嫌そうになっているモルガンに一瞬びびるが気にせず続ける。

「お前がいつか言った『他人の言いなりになっているだけでなく、自分で考えて行動をしなさい』って言葉の意味がやっとわかってきたよ。ありがとう」

「え……？」

前の人生ではわからなかった。いや、わかろうともしなかった言葉だ。だけど、彼女はずっとアーサーに訴え続けていたのだ。

そして、この言葉のおかげでアーサーは少し変われた気がするのだ。だから悔しいけど……本当に悔しいけど……たまには彼女の正しさを認め、感謝の言葉を伝えてもいいかなと思ったのである。

「そう……私の言葉があなたの原動力になっていたならよかったわ」

そう言うとモルガンは微笑んだ。その笑顔はいつもよりも不思議と優しく見えた。

「素晴らしい方ですね、アーサー様は……」

「ええ、そうね……」

なぜか逃げるように去っていく彼を見ながらモルガンはトリスタンの言葉に頷く。彼は不思議な人間だった。前までは何を言っても変わらないどうしようもない馬鹿皇子という印象だった。

だが、ここ最近の動きでそれが演技だったということがわかり、それを見抜くこともできずにモルガンは彼にぐちぐちと言っていた自分を恥じていたのだった。

「だけど、私の言葉には意味があったのね……」

それはもしかしたら気にしている自分を思っての優しい嘘だったのかもしれない。だけど、本当に彼の心を自分の言葉が動かしたというのならば嬉しく思う。

「例の話……正式に受けてみようかしら」

「おや、アーサー様との婚約のお話ですか？」

「ええ……私じゃまだまだかもしれないけど、覇道を征《ゆ》く彼を支えたいと思うの」

「ふふ、良いと思いますよ。異国の聖女と英雄の恋物語も良いですが、幼馴染の成長に気づく悪役令嬢と英雄の恋も素敵なものです」

モルガンの言葉にトリスタンは微笑みながら頷く。彼の人を見る目は確かだ。そんな彼が否定しないということはアーサーはお眼鏡にかなったのだろう。

ならば自分もブリテンを変えるためにそろそろ本気で彼の力になるために覚悟をする必要があるかもしれない。

中立だったアヴァロンがアーサーを支持する。これは大きな変化を生み出すだろう。

だが、その前に二つだけ確認すべきことがある。

「ところで……悪役令嬢って誰のことかしら？」

「あ……やっべ、本音が……」

「それと、アーサー皇子と聖女はどんな感じだったのかしら？」

「え……？」

めんどうなことになりそうだとトリスタンが逃げ出そうとしたがもう遅かった。彼のマントはモルガンによってしっかりと握りしめられている。

彼はくだらないことを言ってアーサーとモルガンの反応を楽しもうとしたことを後悔するのだった。

自室に帰ったアーサーは少し休憩をして、机の奥底にしまってある『善行ノート』を手に取った。

今回もノートに書かれたことに従って、善行ポイントを稼いだはずだ。

まあ、エレインとの勝敗はあいまいだった気がするが最後は彼女も感謝していたようだし、無事わからせることに成功しただろう。

そう考えながらノートを開く。

【エレインと友好を育み彼女のモチベーションを上げることに成功。そのことによって、グラストンベリーの力があがったことにより救われた人が増えて善行ポイントが20アップ】

【村を救い、騒動の原因となったコカトリスをたおしたため善行ポイントが10アップ】

【合計30ポイント得たおかげで人生が変動いたしました。また大量にポイントを稼いだことによりルートが二つ発生いたしました】

「よっしゃ――――!! 30ポイントゲットォォォ!! エレインとの友好とかいうのはよくわからんがまあいい。俺の未来はどうなった?」

興奮しながら彼はノートに書かれている未来を見つめる。最後の方のページを見ると革命がおきて捕らわれることは変わっていない。

だけど、グラストンベリーの聖女を筆頭に少なくない人々が反対をしたおかげで、終身刑になったと書いてある。

「少しはましになったかな……あと一歩だろうか?」

そう思って最後の一ページを見ると、信じられない言葉が追加されていた。

【牢獄にて毒殺される】

「は……？　なんだよ、これ……」

アーサーは思わず間の抜けた声をあげてしまった。だって、ギロチンならば市民の意見という事で理解できる。

だけど、毒って……これは暗殺じゃないか……。

つまり誰かの意志でアーサーは殺されたという事になるのだ。その事実に冷や汗を垂らしている時だった。

コンコンとノックの音が不気味にひびくのだった。

「お久しぶりですね、アーサー兄さん」

「は？　モードレット!?　なんで……？」

突如やってきた来客にアーサーは情けない声を上げる。目の前の金髪の少年……モードレットは無邪気な笑みを浮かべながらすすめられてもいないのにアーサーの正面に座る。

ケイ――!!　このさいモルガンでもいい!!　誰か来てくれ――――!!

むっちゃ動揺するアーサー。それも無理はないだろう。なぜならば彼が処刑される革命の首謀者は目の前のモードレットなのだ。

時々アドバイスをくれる（アーサー視点）ロッドとは違い、元々大して仲良くなかったうえに何を考えているかわからないし、関わりたくないというのが本音である。

「ああ、人は呼ばないでおいてほしいな……せっかく兄弟水入らずで仲良く会話をしたいだけなんだからさ」

呼び鈴を鳴らそうとしたアーサーを、笑顔を浮かべながらモードレットが止める。余裕たっぷりのモードレットに対してアーサーは……。

ふっざけんなよぉぉぉぉぉ!! 俺は別に話したくなんかねーよ!!

とむっちゃ焦っていた。そもそも今のアーサーは善行ノートによって明かされる誰かに毒殺されるという事実に動揺を……とそこまで考えて、一つの事実に思い当たる。

あれ、俺が死ぬのはまだ先だな……今は大丈夫では……? だったらむしろこいつから何らかの情報を得ればいいんじゃないか?

「それもそうだな……久しぶりだ。二人で近況報告でもしようじゃないか?」

自分の身が大丈夫だとわかりいきなり冷静になるアーサー。実に現金である。

「ふふ、それはよかった。最近の兄さんは変わったね。平民を専属メイドにしたり、孤児院を訪問したりしたんだって? モルガン義姉《ねえ》さんになんか言われたのかな?」

「おい、待て!! モルガン義姉さんってなんだよ。薄気味悪いことを言うんじゃねえよ」

何かを見透かそうとする目で見つめるモードレットの視線に一切気づかず、アーサーは素っ頓狂な声をあげた。

「あれ、父様から聞いてない? モルガン義姉さんの方から婚約話の打診があったから、近いうちに正式に発表するって言っていたけど……」

「うへぇ……」

思わず情けない声を上げるとモードレットはクスリと笑う。なぜ当事者であるアーサーよりも、彼の方が先に情報を得ているのか……？

それを考えるとモードレットの情報網が恐ろしいのだが、もちろんアーサーはそんなことに気づいていない。ただ、前の人生と同様に決まっていく目の前の現実に絶望しているだけである。

「だけど、その様子だとモルガン義姉さんと仲良くなったってわけじゃないんだね？　じゃあ、なんで平民を癒したり、面倒見始めたんだい？」

「ああ……それはだな……ブリテンの問題点を考えればお前だってわかるだろ？」

「問題点か……兄さんは一体なんだと思っているんだい？」

何が何だかわからないという風にすっとぼけるモードレットにアーサーは以前の人生を思い出して決め顔で言った。

お前が問題だと思って革命をおこした原因を知っているんだぜと、それはもう本当に得意げな様子で。

「最も大きなものは民衆と貴族との格差の問題だな。だから、俺は彼らを重用し、格差をなくす努力をしようと思っている。それには、まず彼らに接して平民たちの心を知らねばならない。そう思って、孤児院を訪れたんだ。治療もその一環だな」

我ながら完ぺきではないだろうか？　もちろん即席ではない。本来はモルガンに平民を治療して叱られたとき用の言い訳として考えていたのだが、ここで発揮された。

その言葉に肝心のモードレットはというと……。

「ふぅん、兄さんは平民のことを知ろうとちゃんと考えているんだね……このクッキーも平民の気持ちを知るためかな？」

「あ、ああ……」

テーブルの上に置いてあったつまみ食い用のクッキーを手に取りなぜか興味深そうに見つめる。

いや、単純に美味しいからだが？　とは言わないアーサー。彼は空気を読めるようになったのである。味わうようにクッキーをかんだモードレットは、先ほどまでの無邪気な表情を隠し真面目な顔になりぼそりとつぶやく。

「今の兄さんになら頼めるかな……」

「ん？　なんだって？」

アーサーはぶつぶつとつぶやいたモードレットに聞き返すが、それを華麗にスルーして、彼はまた無邪気な笑みを浮かべる。

「お願いがあるんだ……ドワーフたちがいる鉱山の視察をしてくれないか？」

「は……？　ドワーフの鉱山だと……？」

「うん、そこで平民と貴族の間でちょっと問題がおきているって話を聞いてね……本当は僕がいきたいんだけど、僕の派閥の貴族はロッド兄さんやアーサー兄さんに比べて少ないから、色々と自由が利かないんだ」

いや、めんどくさいな……最近勝手に勘違いされているが、アーサーは基本的には善人ではない。自分の命や知り合いのためならば頑張るが、知らんドワーフのために頑張る気はない。

「まさか、めんどくさいから断ろうなんて思ってないよね？　兄さんはさっき平民のことを考えているって言っていたもんね」

「う……」

こいつ心でも読めるのか？　と動揺していたアーサーの目に入ったのは、机の上にあった善行ノートが光りかがやく姿だった。

フラグたっちゃったのかよ――!!

数日後、ドワーフの鉱山へと向かう、なぜか変装しているアーサーとその一行の姿が目撃されるのだった。

書き下ろし

孤児院でクッキーパーティー!!

COOKIE PARTY AT THE ORPHANAGE!!

「アーサー様、パーティーの招待が来ていますがどうしますか？」

孤児院の問題が解決し、アーサーがケイの淹れてくれたお茶とクッキーを楽しんでいると、なん枚もの手紙が机の上に置かれた。

「久々に来たなぁ……でも、めんどくさいんだよな……」

アーサーは皇子であり、強力な治癒能力の持ち主である。彼と仲良くし顔を覚えてもらおうとする貴族は後を絶たないのだが、これまでゴーヨクが彼の力を独占するためにはじいていたのだ。だが、彼が失脚したためこういう手紙も届くようになってきたのである。

そして、コミュ障であるアーサーはこういう行事が苦手である。さすがに建国祭などの大きな集まりには出席するものの、こういう小規模なパーティーには出たがらないのだ。

それにモルガンにあったら礼儀作法とかでむっちゃ嫌味を言われそうだし……。

それらの理由が相まって返事はいつも同じである。

「適当な理由をつけて断ってくれ。俺は忙しいってな」

もちろん、アーサーは暇人である。ここにモルガンでもいれば『人脈を大事にしなさい』とか言ってくるだろうが、彼のそばにいるのは平民出身のケイである。

いまいちパーティーの重要性に明るくないこともありアーサーが断るのならばとその指示に従うことにする。

「わかりました。でも、パーティーって美味しい料理とかでるんですよね……ちょっとうらやましいですね」

「うらやましい……？　ケイはパーティーに行きたいのか？」

ふと漏らしたケイの言葉にアーサーが怪訝な顔をする。なぜならば彼にとってパーティーというのは日常であり、仕事の一つだったからだ。うらやましいという感情が理解できないのである。

だが、ケイが行きたいというのならば招待されたパーティーにも出席してみようかなと考えを変える。心を開いたもののためならば即座に意見を変える非常に柔軟な思考の持ち主である。自分の考えがないともいえる。

「あ、もちろん、貴族の方々のパーティーに行きたいっていうわけじゃないんです。ただ、みんなで美味しいものを食べてわいわいとするのは楽しそうだなって思って……」

ケイは少し恥ずかしそうにはにかんだ。もちろん貴族のパーティーは人脈をつくったりと、色々と面倒な要因があるのだが、平民出身のケイは知らなかった。単に豪華な料理をみんなで食べるのが楽しそうだなと思っただけである。

そして、世間知らずのアーサーもよくわかっていなかった。

「じゃあさ、俺たちでパーティーでもやるか」

「え……？」

「孤児院にみんなを誘って騒ぐんだ。そうすればきっと楽しいだろう」

アーサーは名案だとばかりにどや顔をする。実にうざい。そうして、アーサーとケイのプロディースしたパーティーがはじまるのだった。


パーティーをやると決めてからは大忙しだった。なぜならばアーサーはもちろん、ケイもまた貴族のパーティーを詳しくは知らなかったこともある。

本来ならば側近に聞くべきなのだが、世話係のゴーヨクは投獄されているし、モルガンに聞くのはアーサーが嫌がったのである。

あいつのことだ、むちゃくちゃ細かいとこを指摘してきやがるだろう……だったら、俺の思うようにやった方がましだ!!

と考えたのである。この男、幼馴染を恐れすぎである。

そのため、今回のパーティーはアーサーのつたない記憶の元、おいしいものを食べて、ダンスを踊るという簡単なものになった。

「ケイも楽しそうだし、せっかくだから無茶苦茶豪勢にするのもいいかもしれないな」

幸い身内だけで騒ぐのである。アーサーの私財はこれまではゴーヨクが管理していたのだが、今は自由に使えるようになっている。

普段食べられないようなものをケイに……ついでに孤児院の子供たちにもわけてあげるのもいいかもしれないなと思った時だった。参加者の一覧を見て冷や汗をかく。

「げ……モルガンも誘うのか……」

このまま何も考えずに金を使えばどうなるか……モルガンのモットーはノブレスオブリージュである。こんなところでやたらと金を使えば嫌味をぐちぐちと言ってくるに違いない。

「もちろんです。極ウマ鳥を取り寄せていただくのに力をお借りしましたからね。それにモルガン様の方からも参加したいとおっしゃっていましたから。アーサー様はおモテになりますね」

「うげぇ……」

楽しそうに笑うケイの言葉にアーサーはげんなりとする。その様子を照れていると勘違いするケイであった。

そう、アーサーは知らないことだが、モルガンは彼の知らないところでちょいちょいケイに彼の近況を聞いており、その様子を見たケイはアーサーとモルガンは仲良しだと勘違いしているのである。

アーサーからすれば完全に余計なお世話である。

「だけど、これじゃあ、あんまり贅沢はできなくなるぞ。いいのか……？」

「贅沢ですか……？」

遠回しに美味しいものを食べたいからモルガンは呼ばなくていいんじゃない？　と訴えたアーサーだが、もちろんケイに伝わらない。

「よくはわからないですけど、私も孤児院の子たちも貴族の方々が食べるような豪華なものを食べたいわけではないんです。アーサー様やお世話になったみんなとわいわいといつもよりちょっと贅沢なお食事をしたいんですよ」

「そういうものなのか……」

アーサーの知っているパーティーはもっと堅苦しく、気楽なものではなかった。だけど、ケイの言う集まりの方がいいなと思ったのだ。

「だったら、今回はそれで行こう。その代わり……ケイや孤児院の子供たちの好物をたくさん集めよう」

これは何もアーサーが優しいというわけではない。平民の好む料理ならば貴族であるモルガンも多少は高価なものがあってもわかるまいという巧妙な作戦なのである。じつに小物である。

「うふふ、それでは私が腕によりをかけて料理します。楽しみにしていてくださいね」

「おお、やっとケイの手料理が食べられるんだな!!」

嬉しそうな声を上げるアーサーにケイも専属《お姉ちゃん》メイドとして気合がはいる。

「そんなに喜ばれるとがんばらなきゃってなりますね」

アーサーに微笑んだあとにケイがリストを確認する。

「ほかの招待客はマリアンヌさんですね。エリンさんは大事な用事があるため来られないようです」

「まあ、マリアンヌなら孤児院の連中とも仲良いし、ちょうどいいな」

そうして、パーティーの準備はちゃくちゃくと進んでいくのだった。


「うーん……どうしようかしら」

アヴァロンの自室で珍しくうなっているモルガンを見た部下が眉をひそめる。彼女はいつも悩まずに、即断即決をこころがけている。となるといつもとは違う分野で考え事をしているのかもしれない。

「モルガン様、お仕事をおやすみになられるとは珍しいですね。何か用事があるのですか？」

アヴァロンにて、珍しく休暇申請をしたモルガンに話題転換にと部下が訊ねる。休みくらい普通にとるだろうというものだが、モルガンは決められた休日以外休暇をとることがなかった。それに、いつもは張りつめている表情がどこか柔らかい気がしたのである。

「ええ、パーティーに誘われたのでちょっと行ってみようと思って……」

いつものように無表情だが、付き合いの長い部下には彼女が上機嫌であることがわかった。

「もしかして、アーサー皇子がらみでしょうか？」

「ええ、そうよ……彼が孤児院でパーティーをするらしいの。貴族は私と彼の信用しているメイドだけしか呼ばれていないらしいわ。ただ、近隣の住民は来る可能性があるからどんな服装が良いかと思って悩んでいるのよ」

「孤児院でパーティー……つまり、アーサー皇子は自分が民衆よりであることをよりアピールし、自分の方向性を周りに訴えようとしているのですね」

「ええ、貴族の社交場であるパーティーをまねることによって、民衆にも貴族と同じように楽しむ権利があるということを示すという作戦でしょうね。そして、それだけではないわ」

　部下の言葉にモルガンもうなずく。一般的にいえばパーティーは貴族たちの社交の場である。そこで人脈を作ったり結束を強化するのだ。つまり、なんの権力ももたない民衆と……ましてや孤児院の人間とパーティーをしても意味はないのである。

「ほかにも意図があると……うーん、おいしいものをみんなで食べるための口実……ってわけではないですよね」

　部下もしばらく、考えていたが降参とばかりに軽口を叩くと、モルガンがふっと笑う。いつもならば無表情に返してくるのに本当に機嫌がよいのだろう。

「うふふ、そんなわけないでしょう。美味しいものを食べたいならわざわざパーティーなんかしないで城で食事をとるだけで十分ですもの」

　まじめな顔をしてモルガンは続ける。

「これはいわばアーサー皇子の決意表明でしょうね。孤児院の子供たちすらも、いずれ社交の場に繰り出させてみせるというね」

「な……平民を……しかも孤児をですか……」

それはありえないことだった。貴族の力が強いブリテンでは身分が何よりも大事である。平民でも力を持った商人などはパーティーを開いて貴族を呼ぶことはできる。だが、貴族が商人をよぶことはめったにないのだ。ましてや王族が平民を呼ぶなどというのはありえないことだった。

「でも、アーサー皇子ならばできるわ。権力が絶対ということは王族ならばある程度わがままもできるということよ。そして、そんな彼の真似をする人間が増えれば……」

「平民と貴族の立場の差が縮まりますね!!」

想像もしなかった発想に部下は思わず声を上げ、モルガンとそれを考えたであろうアーサーに尊敬の念を抱く。

表立って身分の差を縮めようとすれば反発はまぬがれないだろう。だけど、こうやって搦《から》め手を使って徐々に既成事実を作っていけば抵抗も少なくなる。

部下はアーサー皇子の思考と、それを完全に理解している上司に感嘆の吐息をもらす。そして、ここで一つの疑問が浮かんだ。

「パーティーには出席されるんですよね。でしたら何をそんなに悩んでらっしゃるんですか?」

「それは……どんな服を着ていこうか悩んでいるのよ」

「え?」

予想外の言葉に思わず聞き返すとモルガンが珍しく動揺したように早口で言った。

「平民ばかりのところに貴族の正装で行ったら浮くでしょうし、威圧させてしまうでしょう？　だけど、その……婚約者であるアーサー皇子の前であまりにも野暮ったい恰好は見せられないから悩んでいるのよ」

アーサー皇子の名前を言った時に少し声を上ずったのを部下は見逃さなかった。つまり彼女は平民っぽい恰好をするつもりだが、アーサーには魅力的に見てほしいのだろう。

主の珍しい乙女っぽいところに思わず笑みがこぼれる。

「それならば私がいくつか見つくろいますよ」

「そう、ありがとう。ファッションはあまり詳しくないから助かるわ」

そうして、モルガンが鏡の前で服をなん着も試しているのをにやにやと見ることになったのは少し先の話である。


いよいよパーティーということで、孤児院は色々と騒がしくなってきている。近所から集めてきた古い生地を使ってテーブルクロスを新調したり、普段は味わえないような料理を食べることができるということで子供たちがそわそわとしていた。

「ふふふ、ケイの手料理だ――!!」

いや、子供だけではない。アーサーもまたそわそわしていた。むしろそわそわ度に関しては子供たちよりも上なくらいである。

それも無理はないだろう。前の人生で牢獄にてケイが手料理を作る話を聞いていた時に彼女の料理を食べてみたいと思っていたのだが、その機会には恵まれなかった。

このパーティーでようやくチャンスが来たのだ。これまでは城にいるということで専属のコックが出したものばかり食べていたがようやく願いが叶うのである。

料理をしているケイの様子をのぞきに行くと、彼女は鼻歌をうたいながら鍋をかき回していた。肉や野菜、香草などの入り混じったなんとも香ばしい匂いが食欲をそそる。

「アーサー様は座っていて大丈夫ですよ。こういうことは私に任せてくださいね」

「ああ、つい我慢できなくてな……これがケイの得意料理のシチューか」

「ふふ、アーサー様は食いしん坊さんですね」

アーサーの気配に気づいたケイが微笑みかけてくる。料理をする姿はとても手慣れており、アーサーと会話をしながらもどんどん完成へと近づいてくる。

「でも、本当によかったんですか？　アーサー様が頼めば宮廷の料理をデリバリーすることもできますよね？　私の料理は……その……庶民的ですよ」

ケイは城のメイドに選ばれるくらい家事はできる。だが、城の料理人に比べればもちろん腕は落ちるし、材料も市場で買った平民が食すようなものだ。アーサーの口には合わないんじゃ……と心配になるのも無理はないだろう。

「そんなことはないさ、それに俺は何よりもケイの手料理が食べたいんだよ。だめか？」

「んん――!!」

上目遣いでそんなことを言うアーサーに思わず悶《もだ》えるケイ。ちょっと〝姉〟性本能をくすぐられてしまったのである。

アーサーは前の人生で空腹のときにケイが語ってくれた得意料理というものが気になっていただけなのだが、そんなことを知らない彼女はアーサーのおねだりがとても嬉しかったのである。

「わかりました!!　専属メイド《お姉ちゃん》として、アーサー様がとっても喜ぶようなものを作りますからね、楽しみにしていてください」

そう言うと鍋に向かって、さらに気合をいれてとりかかるケイ。そうして彼女はアーサーに美味しく味わってもらおうとさらに頑張るのだった。


「アーサー様ありがとうございます」

気合の入ったケイにキッチンから追い出されたアーサーに声をかけてきたのは孤児院を管理する神父である。彼はわくわくと料理の完成を待っている子供たちを見つめながらアーサーに微笑む。

「ありがとう……とは？」

その言葉にアーサーは怪訝な顔をする。そもそもアーサーがパーティーをしようとしたのはケイのためだし、彼女の手料理を食べるためである。彼に感謝されるいわれはないのだ。

「アーサー様がパーティーを開いてくださるおかげで子供たちも美味しいものを食べることができ……何よりも楽しそうにしています。これは彼らにとって一生の思い出になるでしょう」

「ふっ、気にするな。俺は単にパーティーを楽しみたかっただけだ」

やたらと感謝されて、まんざらでもない顔をするアーサー。ちょうどそこそこ広くて都合のつくのが孤児院だったためにここで開いたにすぎないのだ。

だが、こうして感謝されると胸が温かくなって思わず、彼からも笑みがこぼれる。だからだろう、上機嫌になった彼は神父にかっこつけるのだった。

「たまにはこいつらにも贅沢が必要だからな。せっかくだ。やることもないし、かまってやるか」

「おお、アーサー様、本当にありがとうございます!!」

すっかり上機嫌になったアーサーが子供たちの方へと向かうと見慣れた顔を見つけた。ベディである。彼は同じ年くらいの女の子に何やら勉強をおしえているようだ。

ちなみにイースはマリアンヌから出された課題が終わらないと半泣きになっていたので今頃勉強をさせられているのだろう。

「あ、アーサー様、今日はこんなパーティーを開催してくれてありがとうございます」

「ああ、気にするな。それよりたっぷり楽しむんだな」

もちろん、パーティーを開いたのは自分のためにすぎないのだが、感謝の言葉は遠慮なく受け取るアーサーだった。そして、少女がじーっとこちらを見つめているのに気づく。

「ん？　見ない顔だな。お前は……」

「あなたがアーサーお兄ちゃんなのね!!　私はセルン。ケイお姉ちゃんの妹よ」

「アーサー……お兄ちゃん……？」

いきなりお兄ちゃんと呼ばれて、アーサーは困惑を隠せずに、聞き返す。

「うん、ケイお姉ちゃんがね、最近うちに帰るとアーサーお兄ちゃんのことをたっくさん話してくれるの」

「ちょっと、セルンちゃん。この人はね、すごく偉い人なんだ。だからそんな風に気安く話しかけちゃ……」

マリアンヌが聞いたら発狂でもしそうな無礼極まりない口調に思わずベディがセルンの口をふさごうとする。

孤児院にいるとマヒするが、一般的に貴族に対してこんな口調で話しかけるのはありえないことだった。貴族によっては子供だろうが遠慮なく罰する人間もいるくらいなのである。

もちろん、アーサーがそんなことをするとは思っていないベディだが、不快には思うだろうと気を遣ったのだ。

「呼び方なんて好きにすればいいさ。それよりもその……ケイは俺のことをなんて言っているんだ？」

そう、所詮は一般論である。世間知らずのアーサーは別に気にしていない。そんなことよりもケイがどんな話をしているかの方が気になるのだった。実に思春期である。

「ケイお姉ちゃんはねー、アーサーお兄ちゃんはすっごくまじめで優しいってほめていたよ。えらいえらーいって」

「ふぅん、そうか。偉いか……ふふふ、ケイに褒められるのは悪くないな」

セルンの言葉にまんざらでもなく嬉しそうな顔をするアーサー。どう聞いても子供を褒める大人のような反応なのだが気にしていない。

「うん、弟みたいでかわいいし、頑張っているところを見ていると応援したくなるって言っていたよ、だから、あたしもアーサーお兄ちゃんって呼んでいるんだけどいい？」

「うん……？　まあ、お前の兄じゃないけど別に構わないぞ」

どうやら、ケイが弟みたいに言うからアーサーをお兄ちゃんと呼びたいらしい。よくはわからなかったが、お兄ちゃんと呼ばれるのは嫌な気はしなかったのでうなずく。

そう、モードレッドという弟はいるものの彼とはほとんど接点がないこともあり、なんか嬉しい気持ちになったのである。

「それで、ケイは、家ではどんな感じなんだ？」

「お姉ちゃんはね、頑張り屋ですごいんだよー、お城でお仕事していない日はね、私たちと遊んだり、ご飯作ってくれるのー」

「ああ、そうだな……ケイは世話を焼くのが大好きで優しいよな……」

前の人生で牢獄でもいろいろと世話をしてくれたのを思い出す。たまにはまとまった休暇をあげてもいいかもしれないいな……。

あ、でも、それだと、俺がケイといられないのか……それは嫌だな……。

一瞬優しさが芽生えたが即座に自己中心的な考えをするアーサーだった。

「そういえば、アーサーお兄ちゃん、ちょっと前に、ケイお姉ちゃんにたくさんクッキーを買ってくれたって本当？」

「ん？　ああ、屋台で買ったやつか……なつかしいな」

「お姉ちゃんがお土産だよって持って帰ってくれたの。すっごい美味しかったよ、アーサーお兄ちゃんだーい好き。よかったら今度うちに遊びに来てー」

どうやらケイは妹たちにも配っていたらしい。そして、それがよっぽど嬉しかったのか、セルンはニコニコと可愛らしく笑いながら抱き着いてきた。

「ああ、じゃあ、今度ケイと一緒にお邪魔するのも悪くないな……」

一人で帰られると寂しいが一緒ならば問題ないとうなずくアーサー。じゃれついてくるセルンをまんざらでもなさそうに頭をなでるのだった。

そして、二人の会話を聞いてベディが感極まった声をつぶやく。

「平民の僕らと本当に対等のように話してくれる……さすがはアーサー様だ……僕はこの孤児院に来て本当によかった……」

単に世間知らずで、身分をよく知らないだけなのだが勝手に評判があがっていくのだった。

パーティーの準備も終わり雑談をしていると馬車が止まる音がして、扉がノックされる。

アーサー以外の人間に一瞬緊張が走ったのは気のせいではないだろう。なぜならば、このタイミングで来る客は二人しかいないからだ。

「ここですわ。足元に気をつけてくださいませ」

「ええ、ありがとう。マリアンヌ」

そう、アーサーの天敵であるモルガンと、彼のメイドのマリアンヌである。貴族の招待客である二人は準備が終わったときにやってきたのである。

「あー、マリアンヌおねーちゃんがおしゃれしてるー。貴族のお姉さんみたい」

「本当だー、隣のお姉ちゃんもすっごい綺麗。お人形さんみたい」

一瞬の沈黙のあと、子供たちが騒ぐ。

「私は正真正銘の貴族令嬢ですわ。くだらないことを言っていると宿題を増やしますわよ」

マリアンヌは慣れた様子で軽口を叩き、モルガンはそれを黙って見つめていた。

モルガンのやつは顔だけはいいからな。こころも人形みたいに冷たいんだぞ。

と思ったがさすがに口には出さないアーサー。

そして、モルガンが珍しく子供たちに微笑んだときだった。

「ひえ!?」

「このおねえちゃんこわーい」

「ぶっ!?」

モルガンのこわばった笑顔に子供たちの容赦ない感想が襲い思わずアーサーは噴き出した。じろりと殺意に満ちたような目でモルガンがこちらを見た気がする。

「……」

やっべええ、殺されるぅぅぅぅ。

あまりの恐怖になんとかしなければと思ったアーサーの脳裏に浮かんだのはこの前護衛をしていたトリスタンの軽口である。

あいついわく女の子が不機嫌になったときは……。

「今日の服装はいつものドレスとも違うが似合っているな」

「な……」

モルガンが変な声をあげる。

そう、トリスタン直伝の作戦の一つ。とりあえずなんか変化があったら褒めろである。

半分話題をそらすためだったが確かに似合っていた。レースをあしらったワンピースは彼女のスタイルを引き立たせ、どこかの深窓の令嬢のようである。しゃべらなければ……という条件付きだが……。そして、それの効果があったのか、殺意が薄れた気がする。

「……ありがと……」

こちらを睨むように見ながらモルガンが何かぼそぼそとつぶやいだ。よく聞こえなかったらいつものように罵倒でもしてきたのだろう。

こいつマジで悪口言わないと死ぬ病気なのだろうか？

「みなさん、料理ができましたよ――」

「「わーい」」

とにかくごまかせてよかった……と安堵しながらアーサーはモルガンから視線をそらし、料理を楽しむことにする。あつあつのシチューに少し硬いパン、そして、少ししなびているサラダなど、決して城ではでないものだったが、不思議ととても美味しそうに見える。

「これはどうやって食べれば……」

普段食べ慣れない硬いパンにモルガンが困惑している。

もちろん、ナイフやフォークはあるが硬いパンはなかなか切れないということをアーサーは知っていた。なぜならば牢獄でのパンはもっと硬かったのだ。

「こういう時はこうやるんだよ」

アーサーは見せつけるようにしてよそったシチューにパンをつけて食べる。少し軟らかくなったパンにシチューが染み込みなんとも美味である。

もちろんアーサーがモルガンに食べ方を教えたのは善意ではない。いつも偉そうにしている彼女への意趣返しである。まあ、食べられないのがかわいそうだなという思いもあったが……。

「アーサー皇子……本当に平民のことを理解しているのね……それに確かに美味しい……」

悔しがっているだろうと思っていたが、なぜか目を輝かせているモルガンを怪訝に思いながら食を進める。

そういえばケイはどうしているのだろう？　と思っているとお肉の焼ける香ばしい香りを感じた。

「アーサー様、メイン料理がきましたよ」

「これは……まさか、極ウマ鳥の丸焼きか!!」

そう、ケイが手に持っているのはエレインと行った村で出された極ウマ鳥の丸焼きだったのである。

「しかも村で食べたやつよりもうまい……」

それもそのはずである。村で味わったものをアーサーの好みに味付けてあるのだ。これがケイの……専属メイドとしてアーサーを見てきた彼女ならではアレンジであり感謝の証だった。

思わぬサプライズに上機嫌になりながらアーサーが、ケイを見ていると、彼女はかいがいしくセルンの世話を焼いていた。

「お野菜は嫌!!」

いる。

「もう、好き嫌いをしてはだめですよ」

どけようとする野菜をお肉と一緒に食べさせて、口が汚れたら持っているハンカチで拭いてあげている。

久々に会えるからかセルンが心を開いて甘えているのがわかる。

ケイはいいお姉さんだな……。

そんなことを思っていると視線に気づいたケイと目が合った。彼女はセルンとアーサーを交互に見て何かを察したとばかりに立ち上がってやってくる。

「よかったらアーサー様もお食べくださいね。あ、今日はちゃんとお野菜も残さずに食べてらっしゃいますね。えらいです」

「そりゃあ、いつも口をすっぱくして言われているからな」

満面の笑みを浮かべるケイに得意げに返すアーサー。そして、当たり前とばかりにアーサーの隣にすわり極ウマ鳥の肉をとりわけてくれる。その対応はセルンと接すると時と同じような感じなのだが、ちょっとケイが構ってくれなくて寂しかったアーサーは嬉しそうである。

「アーサー様、ここの部分がおいしいんですよ。あーん」

「ちょっと、ケイ何を……」

「おお、ありがとう」

メイドが主にあーんする。それは、はたから見ると異常なことなのだが、二人にとっては日常であり、注意をしようとしたマリアンヌもアーサーが受け入れているのを見て困惑する。

「あーアーサーお兄ちゃんずるーい、あたしもあーんしてほしいよー」

「もう、甘えん坊なんだから……次にやってあげるから待ってなさい」

妹とアーサーの世話をできてお姉ちゃん的にケイは嬉しそうに世話を焼く。

「これっていいんですの？　さすがに失礼では？」

「そうね……通常ならば不敬罪になるけど、アーサー皇子もまんざらではなさそうだし、こういう風に民衆と対等に接するというアピールなのかもしれないわね」

「なるほど……？」

ちょっと疑問の残るマリアンヌだったが、普段は聡明なモルガンの言葉に一理あるかもと納得する。

そう、モルガンはアーサーへの評価が高すぎて判断基準がおかしくなってきているのである。

「あの……マリアンヌ様。ちょっと教えてほしいところがあるのですが……」

「もう、今日くらいは勉強を忘れてもいいんですわよ」

なにやらたくさん書き込まれたノートを持ったベディにマリアンヌは苦笑する。彼はどうやら、こんな時でも学ぶことを忘れないようだ。

「でも、イースは補習していますよ」

「あの子はサボった罰ですもの。たくさん苦しむべきですわ……まあ、あとで、シチューとかは差し入れてあげますけど」

冷たい顔でひどいことを言うマリアンヌに、ベディは苦笑する。そして、いくつか気になっている点を聞いていると、それを見ていたモルガンは口をはさむ。

「あなた……なかなか賢いわね。どこかで学問を学んでいたのかしら？」

「いいえ、独学……というよりも、ここにある本を読んでいただけです」

「そうなの……その割には随分とレベルの高いことをマリアンヌに聞いているわね」

モルガンが珍しく感心したように言葉を発するとベディは恥ずかしそうに苦笑する。

「僕は……最近まで病気で、ベッドの上で勉強くらいしかやることがなかったんです。それでいつの間にか勉強が好きになっていました」

初対面の貴族であるモルガンに緊張した様子でそう語るベディは元気そうで、どこか体がわるいようには見えなかった。怪訝な顔のモルガンに気づいたマリアンヌが耳打ちする。

「彼はアーサー様が治療されたんですわ。元々はベッドの上から立ち上がることもできず、片腕も失っていたそうですの」

「ああ、孤児院で治療したっていう子がこの子なのね……確かに頭の回転は速そう。それに学ぶ姿勢は、保身しか考えていない貴族よりもよっぽど立派ね」

アーサーが治療したというベディの理性的な目を見て何やら納得するモルガン。そうして、パーティーはみんなが楽しんだまま進む。

「お前らー、今度は俺からのプレゼントだ。感謝しろよ」

「「わーい、ありがとう」」

そう言ってアーサーは子供たちにクッキーをくばろうと袋をつかむとどんどん子供たちが群がっていく。

「ちょ!? お前ら、取りすぎだ。俺も食べるんだからな!!」

「アーサー様、こっちにもあるからだいじょぶですよー」

そうやって騒いでいる姿には貴族も平民もなく、みんな楽しそうだった。


「モルガン様、アーサー様のパーティーはいかがでしたか?」

パーティーを終えた翌日、いつものように仕事をしていると部下が話題を振ってきた。モルガンが上機嫌だったのにはもう気づいているだろう。

「素晴らしかったわ。私は机上の空論でしか民衆のことを考えたことはなかったのだけれど、アーサー皇子はすでに民衆の暮らしを完全に理解していたのよ」

昨日のことを思い出しながら語るモルガンは興奮しているように声に熱がこもる。

「まずは民衆のためのパーティーということで、貴族たちのようにお金をたくさん使えばよいという考えを捨てたんでしょうね。彼らが普段食べるものを用意して、孤児院の子たちが緊張するのを防ぐと同時に、民衆よりであるということをアピールすることに成功したわ」

モルガンから見てアーサーが用意させたものは平民が少し贅沢をしたレベルの料理だった。モルガンのような貴族が普段食べているものとは二ランクくらい下がるものである。だが、今回はそれが正しかったのだ。

もしも、貴族のパーティーで出るような馴染みない料理がでていたら平民たちはあんな風に、楽しくはすごせなかっただろう。

「それに……アーサー皇子はちゃんと民衆目線に立っていたわ。私のように口で民衆の生活を語るのではなく、ちゃんと彼らの生活を体験して気持ちを知ろうとしているのよ。これは誰にもできることじゃない……現に私はできていなかったもの……」

硬いパンの食べ方なんてモルガンは知らなかったのだ。そして、あんな風に手でつかんで豪快に食べる方法は貴族の礼儀では恥じるべきものである。

ちゃんとした礼儀を学んだ王族で、あんな風に豪快に食べることができるのはろくに礼儀作法を知らないか、もしくは、民衆たちと真に対等でいようとしている人間くらいだろう。もちろん、アーサー皇子は後者だと考えている。

そして、アーサーはモルガンをパーティーに誘い実際の食生活を見せることで自分にも言葉ではなくちゃんと民衆の生活を知っておけと言いたかったのだろう。

それにだ……みんなが楽しそうにわいわいと食べていたのを思い出すと不思議とモルガンも胸が温かくなってくる。

だって、貴族のパーティーではあんな風にただ料理を楽しんで騒ぐことなんてなかったのだ。人脈づくりやマウントとりが基本である。

「それと……アーサー皇子が治療したという少年にもあったわ」

「お、噂の子供ですね、どんな子だったんですか？」

「とても賢い子ね、しかもアーサー皇子はあの子に高度な教育をさせているようなの。すでに平民を城で雇うことを考えているってことでしょうね」

もしも、アーサーが王となり平民も雇おうとしてもちゃんとした教育がなければそれは難しい。だが、子供時から教育を始めているとなれば話は別である。アーサーが雇った平民が貴族顔負けの教養を身につけていれば内心はどうあれ皆納得するだろう。

そして、それは必ずやこの国を変えるというアーサーの強い意思表示に感じたのだ。実際はたまたま治療したベディがたまたま頭が良くて、たまたまむっちゃ勉強しているだけなのだがそんなことがわかるはずもない。そうして、どんどんとアーサーの評価はあがっていくのだった。

「……どうしたのかしら？」

モルガンがいろいろと語っていると部下の目線が普段は見ない、どこか微笑ましいものを見守るような目であることに気づいて眉をひそめる。

「いえ……パーティーのことを聞いただけなのに、アーサー様のことばかりだなと思いまして……」

「そ、それは……それだけアーサー皇子がすごいってことなのよ」

部下にからかわれて顔を真っ赤にするモルガンは前の人生では見ることのできない表情だった。そして、アーサーの行動によって変わっているのはモルガンやケイだけではない。いろいろな人物の未来が変化していく。その結果どうなるかはまだ『善行ノート』ですらわからないのである。

あとがき

初めまして、高野ケイと申します。もし、他の書籍シリーズも読んでくださって初めましてではない方がいたら重ね重ねありがとうございます。

この作品は元々小説家になろうというサイトに投稿していたものに加筆して、書籍となっています。ウェブ版と少し変更点などもあるので楽しんでいただけたら幸いです。

ウェブサイトに投稿している小説が、本になるのは基本的にはウェブで公開している作品を出版社さんから本にしませんか？　という連絡が来て、出版が決まります。

そして、担当編集さんと色々と話し合っていろいろと決めます。コロナの時は打ち合わせもリモートだったのですが、最近は実際にお会いすることが増えてきました。個人的には実際お会いする方がその人の表情が見えること、作家っぽい!!　って感じで好きだったりします。

そして、イラストレーターさんを相談したり、話をどう修正するかなどいろいろと話しあって本になっていきます。
私と担当編集さんのこだわりのつまった作品を楽しんでいただけると嬉しいです。

せっかくなのでこの作品にも触れようと思います。ネタバレはないのでご安心を。

この作品はいわゆる勘違いものとなります。
主人公は一度死んでからもう一度人生をやり直すことになり、今回は前回のような失敗をしないように色々頑張るのですが、いきなり変わった主人公の言動に翻弄されていく周りの人々の言動を楽しんでいただけたら幸いです。
そして、少しファンタジーをかじっている人にはもろばれなのですが、本作はアーサー王伝説から名前をお借りしています。キャラはだいぶ変えているのですが、もしも、興味を持ってくださった方がいたらこちらを読むともっとこの作品を楽しめるかもしれません。

本編を読み終わって二巻も読みたいな、この作品面白いなって思ったら通販サイトのレビューや、X（旧ツイッター）などに感想をつぶやいてくださると嬉しいです。多分エゴサしているのでファボ

を飛ばしに行きます（笑）
読者様の声が作者のモチベーションや続刊につながりますので、ＳＮＳなどで反応をくださったらとてもありがたいです。

最後になりましたが謝辞を。

素晴らしいイラストを描いてくださったイラストレーターの高嶋しょあ様、アーサー君やケイ、モルガンなどをとても可愛らしく描いていただきありがとうございます。個人的にはトリスタンが一番お気に入りだったりします。
また、担当編集の和田様、本作を読んでくださった読者様、皆様のおかげで一冊の本になることができました。ありがとうございます。
それでは、ぜひまたお会いできることを祈って。

GC NOVELS

処刑フラグ満載の嫌われ皇子のやり直し

REDOING THE HATED PRINCE OF THE EXECUTION FLAG

I

2024年6月7日　初版発行

著者 ―― 高野ケイ

イラストレーター ―― 高嶋しょあ

発行人 ―― 子安喜美子

編集 ―― 和田悠利

装丁 ―― 名和田耕平デザイン事務所（名和田耕平＋宮下華子）

印刷所 ―― 株式会社平河工業社

発行 ―― 株式会社マイクロマガジン社
URL:https://micromagazine.co.jp/
〒104-0041　東京都中央区新富1-3-7　ヨドコウビル
TEL 03-3206-1641　FAX 03-3551-1208（販売部）
TEL 03-3551-9563　FAX 03-3551-9565（編集部）

ISBN978-4-86716-582-9 C0093　定価はカバーに表示してあります。

本書は小説投稿サイト「小説家になろう」（https://syosetu.com/）に掲載されていたものを、加筆の上書籍化したものです。

GC NOVELS
ハイブルク家
三男は
小悪魔ショタです
The third son of the Heiburg family is a little devil shota
1
腹黒転生ショタ
×
イケメン男装令嬢
魅惑のおねショタペア登場!!
デンセン
イラスト／ごろー＊
第1巻 好評発売中

ちびころ転生者のモフモフ森暮らし
①
「んん……？？おれ、ちぢんでりゅ!?」
森から始まるちびっころファンタジー！
ジャジャ丸
イラスト／.suke
6月28日発売
B6判／定価:1,320円（本体1,200円＋税10%）

Mynoghra the Apocalypsis 異世界黙示録
-World conquest by Civilization of Ruin- 05
マイノグーラ
～破滅の文明で始める世界征服～
鹿角フェフ
イラスト じゅん
author.Fehu Kazuno+illust.Jun
07
全陣営会談、開催！
6月28日発売
B6判 定価:1,430円
（本体1,300円＋税10%）

出遅れテイマーのその日暮らし
Deokure tamer
12
新たな仲間はポニー!?
棚架ユウ
illust
Nardack
6月28日発売
B6判 定価:1,320円
（本体1,200円＋税10%）